Anja Wagner

Elin

und das Schwert der Träume

Planet Girl

Mit Dank für euch, die ich nicht erfand:

Brigitte, die gute Fee,
Walter, der heimliche Zauberer
und Inge, die aus Tausendundeiner Nacht

Inhalt

Ich sitze im Versteck
und schreibe.

Schreiben ist
Ausreißen
ohne fortzulaufen.

Ich bin ein Ausreißer.
Ich, Elin.

Ein Anfang, der keiner ist

Ich, Elin Eriksson, werde von hier verschwinden.

Von hier, meinem Geheimversteck auf dem Dachboden des Nordhuses in Lillelund, auf dessen staubigen Dielenbrettern ich gerade sitze und schreibe.

Das mit dem Schreiben kann eine Weile dauern, denn die Heimliche Kaiserin hat mir aufgetragen, alles, alles aufzuschreiben, sogar das, was ich nur von den Berichten der alten Mola weiß.

Es ist wichtig, dass ich nichts vergesse, sehr, sehr wichtig, hat sie gesagt. Auch, warum ich mich hier oben verstecke, soll ich erzählen, denn das, was ich aufschreibe, könnte jedem passieren. Es geschieht aber besonders denen, die sich weit wegwünschen von dort, wo sie gerade sind. Ja, denen geschieht es am ehesten.

Manchmal wird man sich bei dieser Geschichte vielleicht fragen, ob man sich fürchten oder freuen soll. Lachen oder weinen. Aber das ist egal, denn alles, was ich hier niederschreibe, ist wahr. Und was wahr ist, kann ja nicht zu schlimm sein, hat Jonte immer gesagt.

Wenn alles aufgeschrieben ist, wird der Silbervogel noch einmal herkommen und mich nach Hause holen. Zurück zu meinem Freund Jonte, der auf mich wartet und sich wünschte, ich könnte schneller schreiben. Immer wieder wird er aus seinem Fenster zum knorrigen Apfelbaum hinübersehen und ungeduldig darauf warten, dass ich eines Tages wieder im Moos unter dem blühenden Geäst liege. Bis es so weit ist, wird er an der Murmelquelle sitzen und die flachen Kieselsteine siebzehn Mal über das Wasser springen lassen. Er wird in den Wildbächen fischen und Lagerfeuer anzünden. Und er wird den Geschichten der alten Mola lauschen, von damals, als es noch keinen Finsterwald gab; lange, lange bevor das alles geschah.

Doch vor dem Ende kommt ja der Anfang, der aber eigentlich keiner ist. Denn wenn ich dieses Buch zuklappe, fängt alles erst an.

Sucht mich nicht, werde ich ganz zum Schluss schreiben.

Ich, Elin Eriksson, bin jetzt zu Hause. Dort, wo das Silberlicht mich in der Früh wachkitzelt. Dort, wo mein Freund Jonte auf mich wartet. Und all die anderen. Dort, wo mir das Herz vor Glück schneller schlägt.

Donnergrollen und Sturmgebraus

An jenem Abend, an dem ich zu den Erikssons gebracht wurde, rollte der Donner über ganz Lillelund und der Sturmwind brauste in den blühenden Apfelbäumen. Daran kann ich mich aber nicht mehr erinnern, denn ich war ja erst zwei Jahre alt. Doch ich erinnere mich daran, dass mich jemand auf dem Arm trug und auf dem Weg zu den Erikssons ein Schlaflied für mich sang. Das Lied habe ich danach nie wieder gehört. Überhaupt hat nie wieder jemand ein Schlaflied für mich gesungen, seit jenem Tag vor neun Jahren.

Ja, die Erikssons wünschten sich ein Kind. Sie hatten sogar einen Adoptionsantrag gestellt, aber vielleicht wollten sie lieber einen Jungen.

Oder sie wollten lieber ein dunkelhaariges Mädchen ohne hässliches Muttermal auf der linken Hand.

Oder sie wollten doch lieber gar kein Kind, sondern einen Hund.

Trotzdem brachte man ihnen ein blasses und silberblondes Mädchen mit einem langen Muttermal auf der linken Hand. Mich. Wie enttäuscht sie waren.

»Tse«, machte Ludvig Eriksson seitdem jedes Mal, wenn er mich sah, als könne er sein Unglück nicht fassen. Aber dass Ludvig mich ansah, kam recht selten vor. Meistens hielt er die Zeitung vor sein aufgedunsenes Gesicht.

Martha Eriksson schickte mich zur Schule, so war ich von morgens bis nachmittags aus dem Haus. Am schlimmsten waren die Ferien für Martha, denn dann konnte sie mich nirgendwo hinschicken. Dann sperrte sie mich manchmal stundenlang in meinem Zimmer ein.

Mir aber graute vor jenen Tagen, an denen Marthas Mutter, Tante Lucia, anreiste. Sie war groß und dürr und roch, wie alle alten Frauen riechen: nach Lavendelseife und saurer Milch. Meistens scheuchte sie mich herum. »Du, mach Tee für uns! Aber wasch dir vorher die schmierigen Hände!« Oder: »Du! Taugenichts! Komm her und feg mein Zimmer!« Manchmal griff sie mir mit spitzen Fingern ins Haar und rief: »Was für eine Vogelscheuche!«

Tante Lucias Anwesenheit machte mich nervös und ungeschickt und wenn etwas zu Bruch ging, sagte sie in vorwurfsvollem Tonfall zu Martha: »Was hast du erwartet?

Sie ist ein Waisenkind. Die Eltern werden Verbrecher oder sonst irgendein widerlicher Abschaum gewesen sein.«

Das machte mich zornig und ich schrie sie an. Sie alle. Martha, Ludvig und Tante Lucia. »Meine Eltern waren keine Verbrecher oder sonst ein widerlicher Abschaum. Das weiß ich. Und sie haben mich geliebt und wenn sie sehen könnten, wie ich hier lebe, würden sie weinen!«

Für einen Moment waren sie dann sprachlos, aber nur so lange, bis Tante Lucia sagte: »Ach, meine arme Martha. Das hast du nicht verdient. Kümmerst dich so aufopfernd um dieses Balg und das ist der Dank.«

Ludvig sagte nie etwas. Er zog höchstens die linke Augenbraue hoch, machte »Tse!« und las dann wieder in seiner Zeitung. Martha aber sperrte mich für den Rest des Tages in meinem Zimmer ein.

Und wenn ich dann dort so einsam saß, wünschte ich mir einen Freund. So alt wie ich. Einen Freund, mit dem ich zusammen all die Abenteuer erleben konnte, die ich mir immerzu ausdachte. Einen Freund, der eine Leiter an das kleine Fenster der Dachkammer stellen und mich aus dem Nordhus befreien würde.

»Unser Leben ist gar nicht mehr schön«, klagte Martha beim Abendessen. Sie sah mich mit vorwurfsvollem Blick an, der sagte: *Und daran bist nur du schuld.* Dann nahm sie die Scheibe Wurst von meinem Brot und verfütterte sie mit einem tiefen Seufzer an Pelle, Marthas und Ludvigs Hund.

Ich mochte Pelle trotzdem. Schließlich konnte er nichts dafür, dass heute der letzte Schultag vor den Pfingstferien gewesen war. Er konnte auch nichts dafür, dass Martha und Ludvig ihn mochten und mich nicht. Und er konnte nichts dafür, dass er manchmal mein Abendessen bekam und ich mich hungrig im Bett herumwälzte.

So legte ich mein Brot zurück auf den Teller und ließ stattdessen etwas Honig darauftropfen.

Martha tätschelte Pelles Kopf und schluchzte auf.

Lass sie bitte nicht schon wieder weinen, dachte ich. Denn daran war ich nämlich auch immer schuld. Wie an allem Unglück, das im Hause Eriksson geschah.

Ich schrieb mit dem Honig *Elin* aufs Brot. Überhaupt schrieb ich meinen Namen überall hin, damit ich ihn nicht vergaß. Martha und Ludvig hatten ihn wohl schon lange vergessen.

»Du«, sagte Ludvig und ließ die Zeitung sinken. »Sieh, was du wieder angerichtet hast«, schimpfte er mit mir und deutete auf Martha, die sich übertrieben laut schnäuzte. Wenn Martha weinte, wurde er immer zornig, wobei sein speckiges Gesicht krebsrot anschwoll, bis es so aussah, als müsse es zerplatzen. Und Martha wusste, dass er jetzt sagen würde: »Du gehst besser in dein Zimmer.«

Mein Zimmer.

Das Nordhus hatte viele, viele Zimmer: die Küche, die Wohnstube, den Vorratsraum, Marthas Nähstube, Tante Lucias Gästezimmer, ein Musizierzimmer, die Bibliothek, Ludvigs Büro und dahinter einen Raum für seine Briefmarken-, Münz- und Steine-Sammlung. Selbst Pelle hatte einen Schlafraum. Nur für mich gab es im Nordhus keinen Platz.

Wer nun das Nordhus in Lillelund schon einmal gesehen hatte, wusste, dass ganz außen links neben dem Küchenfenster eine halbhohe Brettertür war, von der die grüne Farbe abblätterte. Durch diese Tür gelangte man mit eingezogenem Kopf in einen kleinen Raum, der früher einmal der Ziegenstall gewesen war. Ziegen hatten Martha und Ludvig schon lange keine mehr, aber sie hatten mich.

Noch immer roch es in dem Raum nach Ziegen und der Schmutz an den Wänden klebte so fest, dass ich beim Schrubben hier und da die roten Ziegelsteine freigelegt hatte. Doch das konnte man kaum noch sehen, denn ich hatte meinen Namen überall hingeschrieben. Überall. *Elin* in Blassblau und ganz winzig, als ob die Wand meinen Namen leise flüstere. *Elin* blutrot und riesengroß, sodass es mich regelrecht anschrie. *Elin* in Sonnengelb. Und ganz oft *Elin* in Rabenschwarz.

Ich war mir sicher, dass es in ganz Lillelund kein schäbigeres Zimmer geben konnte als den alten Ziegenstall. Aber er hatte alles, was ich brauchte. Ein Bett, ein klitzekleines Fenster, direkt vor dem Fenster einen Apfelbaum, und eine Tür. Die Tür war das Wichtigste, denn Martha konnte sie nicht nur von außen abschließen, sondern ich konnte sie auch von innen verriegeln.

Manchmal lag ich nachts wach und lauschte dem Wind, wie er leise die tief hängenden Zweige des Apfelbaums an die Fensterscheibe klopfen ließ, und dann stellte ich mir vor, was Martha und Ludvig machen würden, wenn ich diese Tür einfach nie, nie wieder öffnen würde. Oder wenn ein Sturm den Ziegenstall vom Haus abtrennen und mich für immer von hier forttragen würde.

Und wenn ich dann zu dem Schluss kam, dass sie mich nicht vermissen oder suchen würden, ja dass sie sogar froh wären, wenn ich nie wieder aus diesem Zimmer herauskäme, dann musste ich weinen. Und wenn ich so dalag und leise vor mich hinweinte, vermisste ich meine Mutter. Oder meinen Vater. Oder wer auch immer mich auf dem Arm getragen und mir ein Schlaflied gesungen hatte.

Nun könnte man annehmen, mein Leben war immerzu nur traurig. Doch das stimmt nicht. Manchmal war es geradezu schön. Dann nämlich, wenn ich die kleine Luke in meiner Zimmerdecke öffnete und die Leiter zum Dachboden herabließ.

Ich habe mal irgendwo gelesen, dass man, wenn man stirbt, in den Himmel kommt. Und dort im Himmel soll es ungefähr so sein, als würde man den ganzen Tag in einem Apfelbaum sitzen. Das Leben soll dort oben herrlich leicht wie Blütenblätter sein, auf denen das Sonnenlicht glitzert und die sanft vom Wind umschmeichelt werden. Und ganz genau so ist es, wenn ich die Leiter zu meinem Geheimversteck auf den Dachboden hinaufsteige. Im Himmel kann es nicht schöner sein als dort oben. Das dachte ich jedenfalls, bevor ich das Reich Hinter der Morgenröte kannte.

Die kleine Dachkammer war so niedrig, dass man dort nicht stehen konnte, und es war staubig, so staubig, dass man die Staubkörner lustig herumwirbeln sah, wenn die Sonne durch das kleine Fenster hereinschien. Ich stellte mir immer vor, dass jedes Staubkorn eine tanzende Elfe sei und schon fühlte ich mich nicht mehr so einsam.

Nie sorgte ich mich darum, dass Martha und Ludvig mein Versteck hier oben finden würden. Sie machten einen großen Bogen um mein Zimmer im Ziegenstall und so hatten sie bestimmt schon längst die kleine Dachbodenkammer darüber vergessen.

Gegenüber vom Fenster, mit Blick in die Zweige des

Apfelbaums und mit dem Rücken am Abluftschacht des Kamins, der mich im Winter schön warm hielt, war für mich der schönste Platz auf der ganzen Welt. Dort, auf den alten Sofakissen, saß ich oft stundenlang und träumte und dachte mir Geschichten aus. Richtige Abenteuergeschichten, in denen ich all die unglücklichen Kinder dieser Welt aus den Händen der Marthas und Ludvigs, oder wie immer sie heißen mochten, befreite. Und in allen Geschichten gab es ein glückliches Ende, in dem ich für immer fortging von hier, weit weg von Martha und Ludvig, die mich ja sowieso nicht wollten.

Außer Martha und Ludvig würde mich auch sonst niemand vermissen. Nicht einmal Alva, die mir in der Schule manchmal freundlich zugelächelt hatte.

Ich mochte Alva und ich wünschte, sie könnte meine Freundin sein. Aber leider ging das nicht, denn Freundinnen teilen ja alles miteinander. Das hatte Alva eines Tages behauptet und mir die Hälfte von ihrem Pausenbrot hingehalten. Was aber hätte ich schon mit Alva teilen können? Ein Pausenbrot? Mein Zimmer im Ziegenstall? Nicht einmal meine Geschichten hätte ich mit Alva teilen können. Die hätte sie bestimmt nicht verstanden, denn Alva hatte schon alles, wovon ich nur träumen konnte. Also hatte ich den Kopf geschüttelt und weggesehen. »Dann eben nicht«, meinte Alva daraufhin eingeschnappt und aß ihr Pausenbrot allein. Nie wieder hatte sie mich danach angelächelt.

Ich pustete den Staub von einer Kiste, auf der *Großmanns Apfelsinen, Handelsklasse I* stand. Darin hütete ich Schulhefte, in denen ich meine Geschichten aufschrieb. Es waren schon dreiundneunzig Hefte. Doch niemals musste ich Martha oder Ludvig um ein neues Heft bitten. Es war ein bisschen wie Zauberei, denn so nennt man die Dinge, die sich nicht erklären lassen. Wann immer ich ein Heft vollgeschrieben hatte, lag am nächsten Morgen ein neues auf meinem Platz in der Schule. Und vorne drauf stand in der Handschrift meiner Lehrerin *Elin Eriksson.* Manchmal frage ich mich, ob Frau Sundberg vom Reich Hinter der Morgenröte und allem anderen wusste …

Ich selbst erfuhr vom Reich Hinter der Morgenröte an einem Frühlingstag im Mai. Und ich hätte es ahnen können, denn wie damals, an dem Tag, an dem ich zu den Erikssons gebracht wurde, rollte wieder der Donner über ganz Lillelund und der Sturmwind brauste in den blühenden Apfelbäumen.

Silberlicht

Regenschwere Wolken verdunkelten den Himmel und der Wind pfiff und heulte durch das kleine Loch im Dachbodenfenster. Obwohl es noch gar nicht Abend war, knipste ich die vom Luftzug schaukelnde Lampe an.

Draußen tobte noch immer der Sturmwind und trieb Blätter und kleine Äste vor sich her. Ich schrieb gerade eine Geschichte über ein mächtiges Unwetter, das am Nordhus rüttelte und den Ziegenstall mit sich fortriss, als es plötzlich taghell vor dem Dachfenster wurde. Silberhell. Überhaupt war es dieses Silberlicht, das ich als Erstes vom Reich Hinter der Morgenröte sah.

Ich hielt schützend den Arm vor meine Augen, denn ich war nicht wirklich an Licht gewöhnt. Im Nordhus war es immer finster. Ja, es war sogar so, dass es immer dunkler in den Ecken wurde, je mehr Glühbirnen Ludvig in den Kronleuchter schraubte. Die Finsternis hockte im Nordhus wie offene, dunkle Mäuler wilder Tiere und drohte, mich aufzufressen. Selbst die Sonne warf mehr Schatten als Licht auf dieses Fleckchen Erde in Lillelund. Die Dunkelheit schwebte über dem Nordhus, als wäre sie in schwarzen Rauchwolken durch den Kamin aufgestiegen, die fortan als hässliche Druden über dem Dach kreisten.

Als ich vorsichtig hinter meinem Arm hervorblinzelte, war das silberne Licht fort. Aber auf dem Fußboden, direkt unter dem Fenster, lag ein Brief. Ein *Brief.* Ich zitterte plötzlich am ganzen Körper und kroch langsam

zum Fenster. Auf dem Briefumschlag stand *Elin Eriksson* und es war beinahe die gleiche Handschrift wie die unserer Lehrerin Frau Sundberg. Beinahe.

Ich kroch zurück auf die Sofakissen und riss mit bebenden Fingern den Umschlag auf. Und in dem Brief stand:

> *An Elin Eriksson*
>
> *Adoptivtochter von Martha und Ludvig Eriksson auf dem Dachboden über dem Ziegenstall des Nordhuses in Lillelund*
>
> *Komm nach Hause.*
> *Wir warten auf dich.*
> *Der Silbervogel wird dich tragen.*
>
> *Heimliche Kaiserin*
> *Reich Hinter der Morgenröte*

Ich drehte den Brief herum, aber dort stand nichts und so las ich die wenigen Zeilen immer und immer wieder.

Komm nach Hause.

War mein Zuhause denn nicht hier? Hier bei Martha und Ludvig Eriksson? Hier in der Dachkammer über dem Ziegenstall des Nordhuses in Lillelund? Hier, wo ich manchmal vor Hunger und manchmal vor Traurigkeit nicht einschlafen konnte?

Wir warten auf dich.

Konnte es sein, dass es wirklich jemanden gab, der auf mich wartete? Jemanden, der nicht kopfschüttelnd »Tse« machte oder anfing zu weinen, wenn er mich sah?

Ich öffnete das Dachbodenfenster, um herauszufinden, wer diesen Brief hierhergebracht hatte.

Von fern hörte man noch die letzten Donner über Lillelund hinwegrollen. In den Fenstern der Häuser ringsum wurde das Licht eingeschaltet, denn es war Abend geworden. Irgendwo spielte jemand Klavier, in den Küchen klapperte Geschirr. Manchmal stellte ich mir so fest vor, in einem dieser Häuser zu wohnen, dass ich die Pfannkuchen, deren Duft an manchen Abenden zu mir heraufwehte, regelrecht schmecken konnte.

Dann entdeckte ich den Silbervogel. Er ruhte sich im Apfelbaum direkt neben meinem Fenster aus.

Wieder las ich den Brief. *Reich Hinter der Morgenröte.*

Das klang so sonderbar, nie zuvor hatte ich von diesem Land gehört. War das etwa mein Zuhause? Gab es dort wirklich jemanden, der auf mich wartete? Jemanden, der wusste, dass ich, Elin Eriksson, einsam auf dem Dachboden des Nordhuses in Lillelund saß?

Ich nahm den Brief und ging zur Dachbodenleiter, und als ich schon einige Stufen hinabgestiegen war, blieb ich stehen und sah noch einmal zurück in mein Geheimversteck.

Das Heft, in dem ich gerade schrieb, lag offen auf den Sofakissen. Die *Großmanns-Apfelsinen-Handelsklasse-I*-Kiste war schon fast voll. Voll mit Geschichten aus einer anderen Welt. Eine Welt, in der es keine Marthas, Ludvigs und Tante Lucias gab. Eine Welt, in der ich jeden Tag Abenteuer erlebte. Eine Welt, in der ich einen Freund hatte. Einen Freund, so alt wie ich.

In der Wand zwischen der Küche und dem Ziegenstall des Nordhuses gab es eine winzige Öffnung im Mauerwerk, durch die ich aber nur dann hindurchsehen konnte, wenn ich hoch oben auf der Dachbodenleiter stand. Aus dem Loch strömte mir ein eisiger Luftzug entgegen. Im Nordhus war es immer kalt. Es war jene Kälte, die sich mit frostigen Krallen wie eine Klette festklammerte und die sich auch vom lodernden Kachelofen in der Wohnstube nicht fortjagen ließ. Nur die Ratten, mit denen ich die Dachkammer des Nordhuses teilte, hielt sie fern.

Meine Hand umklammerte den Brief der Heimlichen Kaiserin, als ich drinnen Marthas weinerliche Stimme einmal mehr sagen hörte: »Unser Leben ist gar nicht mehr schön und das alles nur wegen diesem dummen Gör.«

So klappte ich die Dachbodenleiter ein und ging unbemerkt und für immer hinaus. Hinaus in den Garten und flüsterte: »Silbervogel?«

Doch er rührte sich nicht. Nicht sofort. Erst als ich mit dem Brief der Königin winkte und rief: »Silbervogel, bitte, bitte bring mich fort!«, bewegte er sich aus dem Apfelbaum heraus. Ich blinzelte, denn das silberne Licht war blendend hell.

Da stand ich unter dem blühenden Apfelbaum. Ich, Elin Eriksson. Es kribbelte mich am ganzen Körper vor Aufregung, wenn ich mir vorstellte, dass ich nun für immer fortgehen würde. Weit fort von dem finsteren Nordhus in Lillelund, in dem Martha gerade mein Abendessen an Pelle verfütterte und Ludvig hinter der Zeitung ein weiteres »Tse« nuschelte.

Als der Silbervogel mich berührte, spürte ich einen Tränenkloß im Hals, denn sein Gefieder war warm und samtweich. Die Blütenblätter im Apfelbaum rauschten im Abendwind, als winkten sie mir zum Abschied zu.

Der Silbervogel umfing mich wie ein Federbett und plötzlich, plötzlich fühlte ich mich ganz leicht. Federleicht. Es war, als ob ich schwebte.

Ich schwebte.

Ein unheimlicher Garten

Als mich der Silbervogel wieder absetzte, wachte ich wie aus einem langen Dämmerschlaf auf. Mehr und mehr verschwand das silberne Licht und wich der Dunkelheit.

Um mich herum war finstere Nacht, nur der volle Mond und ein paar Sterne standen leuchtend am Himmel. Über mir rauschte der Wind im Geäst eines Apfelbaumes, dessen Blütenblätter vom Mondlicht glänzten.

Der Schreck durchzuckte mich und ich sprang auf. An irgendetwas erinnerte mich dieser Anblick. Ich wusste nicht, was es war, und doch drohte es wie ein schwarzer Schatten aus weiter Ferne.

Überhaupt wusste ich nichts mehr. *Wer war ich?* Und vor allem: *Wo war ich?*

Durch die Äste fiel der helle Mondschein auf meine Füße. Ich stand auf einem moosigen und feuchten Wiesengrund irgendwo in einem großen Garten, der direkt hinter dem

Apfelbaum mit einer steinernen hohen Mauer endete. Ich fühlte knisterndes Papier in meiner Hand, doch es war zu dunkel, um irgendetwas zu erkennen. Das Mondlicht malte lange Schatten vieler Baumstümpfe und Findlinge auf die Wiese, die sich sacht einen Hügel hinabwellte. Dahinter, weit entfernt, glomm in einem Haus ein warmes, verlorenes Licht, wie von einem Feuer.

Plötzlich hörte ich ein leises Rascheln und ich spürte, wie sich etwas über die dunkle Wiese auf mich zubewegte. Starr vor Schreck sah ich ein Tier, eine Ratte vielleicht, seltsam nackt und glänzend. Sie schlich durch das hohe Gras, kam immer näher, huschte knapp an meinen Füßen vorbei und verschwand unter den wilden Brombeersträuchern, die die Mauer säumten.

In das Rauschen des Windes mischte sich ein leises Summen, wie das Flügelschlagen Tausender Libellen. Der Wind brauste auf und es war, als würde jemand am Ende des Gartens nach mir rufen.

Komm, Kind, komm her.

Gänsehaut kroch mir die Arme hinauf und die Angst packte mir mit eisigen Fingern in den Nacken. Ich konnte niemanden entdecken. Aber es wäre auch nicht sehr schwer, sich in der Nacht auf einer Wiese voller Sträucher zu verstecken.

»Ist da jemand?«, rief ich vorsichtig und lief los. Dem fernen Licht entgegen.

Die Wiese war sumpfig und Disteln zerkratzten mir die Beine, doch ich spürte den Schmerz kaum. Immer schneller lief ich, sprang über große Steine und Baumstümpfe.

Komm her, Kind.

Das Summen hinter mir wurde lauter und lauter. Vielleicht kam der Silbervogel zurück? Ich sah mich im Laufen um und erschrak: Wie aus dem Nichts löste sich ein riesiger schwarzer Vogel aus der Dunkelheit des Nachthimmels und flog direkt auf mich zu. Angst schnürte mir die Kehle zu und ich rannte weiter.

Doch irgendetwas war mit der Nacht geschehen, denn sie war plötzlich rabenschwarz, das Mondlicht verblasste, als hätte jemand ein dunkles Tuch über die Wiese gespannt. Der Wind hielt seinen Atem an, das Rauschen in den Baumwipfeln erstarb und die Luft wurde klirrend kalt.

Hierher, Kind.

Ich lief schneller und schneller. Die eisige Luft stach in meinen Lungen.

Am Ende der Wiese nahm ein altes Bauernhaus mehr und mehr Gestalt an, in dessen Sprossenfenstern im unteren Stockwerk warmes Licht schimmerte.

Auf einmal spürte ich einen kalten Windhauch über mir. Erschrocken sah ich auf. Nie zuvor hatte ich einen solch riesigen Vogel gesehen. Seine weiten Schwingen surrten im Nachtwind und plötzlich kam er mit ausgefahrenen Krallen direkt auf mich zu. Ich sprang mit einem Aufschrei zur Seite, stolperte über einen Findling und stürzte. Meine Stirn schlug auf etwas Hartes auf. Schützend warf ich die Hände über meinen Kopf, während der Vogel über mir kreiste.

Und dann, endlich, wurde das Summen leiser und leiser und verebbte schließlich ganz.

Ich lauschte in die schweigende Nacht. Eine milde Frühlingsbrise raschelte in den Baumkronen und streifte mein schmerzendes Gesicht. Und auch der Mond leuchtete wieder hell.

Schlafe, Kind, so schlafe ein,
friedlich soll dein Schlaf nun sein.

Vor Schmerz schossen mir Tränen in die Augen, als ich versuchte, mich an dem Findling hochzuziehen. Ich griff mir an die Schläfe. Warmes Blut rann durch meine Hand und tropfte auf den Stein. Dann fiel ich zurück ins Gras.

Schlafe, schlafe gut bewacht,
ich bin hier und gebe acht.

»Hey, hörst du mich?«

Ein heller Lichtschein wanderte über mein Gesicht. Jemand rüttelte an meinen Schultern. Die Stimme hallte wie ein Echo in meinem Kopf wider.

»Au«, stöhnte ich und öffnete mühsam die Augen. Ich sah verschwommen, wie durch Nebel hindurch, ein Jungengesicht, das sich zu mir herabbeugte. Das Licht seiner Taschenlampe blendete mich.

»Du lebst«, stellte der Junge fest und grinste mich an.

»Es scheint so«, antwortete ich und fasste mir an den Kopf. Noch immer sickerte Blut aus der Wunde an meiner Stirn.

»Versuch mal aufzustehen.« Der Junge griff mir unter die Arme. »Du kannst hier nicht liegen bleiben.«

Um uns herum war finstere Nacht.

»Wo bin ich?«, fragte ich, bevor sich die Nebelschwaden wieder zuzogen und ich erneut die Besinnung verlor.

Ich wachte kurz auf, als mich jemand aufsetzte und an den großen Findling lehnte.

Das nächste Mal, als ich aus der Ohnmacht erwachte, trug mich jemand auf seinem Rücken über die Wiese. Ich hörte das metallene Klappern eines Gatters. Ein Hund bellte und Kies knirschte. Das schimmernde Licht in dem Haus kam näher und näher und dann hörte ich das Quietschen einer Tür.

Eine große Hand strich über mein Gesicht und jemand fragte: »Mädchen. Hörst du mich?«

Ich öffnete meine Augen einen Spaltbreit und sah in ein altes, runzliges Gesicht. Ich wurde über einen Hof getragen und erblickte das alte Haus mit den Sprossenfenstern, in dem ich schon aus der Ferne den Lichtschein gesehen hatte.

Immer wieder fielen meine Augen zu. Ich sah ein Fenster, das mit Brettern vernagelt war. Wilder Efeu umrankte altes Mauerwerk bis hinauf zum löchrigen Dach. Ein alter Mann sprach leise mit einem Jungen. Ich wurde auf einem alten Sofa abgelegt und dann fiel ich in einen langen, langen Dämmerschlaf.

Der alte Mats

»Wo genau hast du sie gefunden?«, fragte eine Männerstimme flüsternd.

Ich blinzelte und versuchte mich zu erinnern, wo ich war. Es war dunkel um mich herum, ich lag auf einem abgewetzten Sofa, dessen Sprungfedern sich mir in den Rücken bohrten. Jemand hatte mich mit einer Wolldecke zugedeckt und auf meiner Stirn lag ein feuchtes Tuch. Als ich mich langsam umdrehte, pochte der Schmerz in meinem Kopf.

Ein alter Mann saß in einem Sessel vor dem Kamin. Hinter ihm an der Wand flackerte eine Öllampe. Das Licht des prasselnden Kaminfeuers warf zuckende Schatten an die Wände.

»Auf dem Friedhof«, flüsterte eine Stimme zurück und ich erkannte den Jungen, den ich draußen auf der Wiese schon einmal gesehen hatte. Er hockte auf einem Schemel und stocherte mit einem Ast in dem knisternden

Kaminfeuer. Ihre Gesichter leuchteten vom Licht des Feuerscheins, ansonsten waren sie nur schemenhaft zu erkennen.

Dann dämmerte mir, was der Junge gesagt hatte. *Auf dem Friedhof.*

»Ja, das hast du erzählt.« Der alte Mann mit dem weißen Haar, das ihm in Wellen bis auf die Schultern fiel, beugte sich vor. »Aber wo genau? Das ist entscheidend.«

»Sie lag hinter einem Grabstein, das habe ich dir doch schon erzählt. Aber was auf dem Grabstein draufstand, konnte ich in der Dunkelheit nicht erkennen. Außerdem brauchte sie Hilfe.« Der Junge drehte sich kurz zu mir um und so schloss ich schnell wieder die Augen.

Wo war ich hier? Die Gedanken überschlugen sich in meinem Kopf, der fürchterlich schmerzte. In einzelnen Bildern kam die Erinnerung zurück. Ich sah die Wiese im Mondlicht vor mir liegen, den Apfelbaum, die seltsame Ratte. Auch konnte ich mich an den riesigen schwarzen Vogel erinnern.

»Glaubst du, du findest die Stelle wieder?«, fragte der Alte eindringlich.

»Wahrscheinlich nicht genau. Aber es war so ziemlich am hinteren Ende, bei den Gräbern der letzten zehn Jahre.«

Der Junge legte seinen Arm um einen zotteligen, braun gefleckten Hund, der neben ihm saß. Ein paar Sekunden lang konnte man nur das Knistern des Kaminfeuers hören, dann zog er ein Stück Papier aus seiner Hosentasche, reichte es dem Greis und raunte: »Hier, dieser Zettel lag neben ihr.«

Der Mann nickte und strich das Papier glatt. »Elin Eriksson«, murmelte er.

Erinnerungen durchzuckten mich. *Elin*, das klang vertraut. Irgendwo hatte ich den Namen schon einmal gelesen. Und geschrieben. Sehr oft sogar.

»Das heißt nichts«, meinte der alte Mann, faltete den Brief zusammen und steckte ihn in die Hosentasche. »Viele von uns heißen dort anders.«

Dort? Was meinte er damit? Wo war dieses *Dort?* Und hieß das, ich war nun nicht mehr *dort*, sondern *woanders?*

Der Alte stand auf und reckte seine müden Glieder. Mein Herz klopfte schneller, als ich durch die zusammengekniffenen Augen sah, dass er auf mich zukam. Sein faltiges Gesicht beugte sich zu mir herab. »Sie wird bald aufwachen«, flüsterte er und nahm das Tuch von meiner Stirn. Ich hörte, wie er es in Wasser eintauchte, auswrang und zurück auf meine Stirn legte.

»Und du sagst, sie hat sich den Kopf an dem Grabstein aufgeschlagen?«

»Ja, das Schimmern des Blutes an dem Stein habe ich als Erstes entdeckt. Danach fand ich sie«, sagte der Junge leise und kam näher. »Mats! Wird sie …?«, fragte er mit solch banger Stimme, dass ich am liebsten die Augen aufgerissen und ihm zugerufen hätte: »Natürlich werd ich wieder gesund!«

»Aber ja doch«, versicherte der Alte namens Mats zu meiner Beruhigung.

Ich hörte Schritte durch den Raum gehen und dann sagte Mats: »Du bleibst bei ihr, Jonte. Ich bin in weniger als einer Stunde zurück.«

»Du gehst fort?«, fragte der Junge erschrocken.

»Du verstehst nicht, Jonte«, raunte Mats so leise, dass ich kaum zu atmen wagte, um seine Worte zu verstehen.

»Es ist entscheidend, *wo* du sie gefunden hast. Glaub nicht, dass es ein Zufall war. Es gibt hier keine Zufälle.«

»Vielleicht hat der Silbervogel sich nur vertan«, meinte Jonte.

»Niemals. Der Silbervogel täuscht sich niemals. Ich wünschte nur, er könnte sprechen und müsste nicht immer so geheimnisvoll handeln.« Mats schlüpfte in eine Jacke und rief dann leise: »Lasko, komm!«, woraufhin der Hund langsam zur Tür getrottet kam. Sicher wollte er viel lieber vor dem warmen Feuer liegen bleiben.

Mats griff nach der Öllampe und dem Schlüssel am Türhaken. »Gib ihr von dem Silberweiden-Gänsefingerkraut-Tee, falls sie aufwacht. Sie soll ihn heiß und in kleinen Schlucken trinken. Das hilft gegen die Kopfschmerzen.« Dann machte er sich auf in die Nacht.

»Mats, ich …«, rief Jonte nach draußen.

»Mach dir keine Sorgen, mein Junge. Mir wird nichts geschehen. In der Nacht sind ihre Augen blind.« Seine schweren Schritte stapften knirschend über den Kies davon.

Als Jonte die Tür schloss, entschied ich, aufzuwachen.

»Ah«, stöhnte ich und fasste mir an den Kopf, den ich hochzuheben versuchte.

»Du bist wach!«, rief Jonte und schien sich zu freuen. Mit einem Satz kam er zu mir herübergesprungen und nahm das feuchte Tuch von meiner Stirn.

Jonte hatte warme Hände und die lustigsten Wuschelhaare, die ich je gesehen hatte. Als hätte er meinen Blick gespürt, strich er sich umständlich die Haare glatt.

»Wo bin ich, wer bist du und was ist passiert?«, platzte alles auf einmal aus mir heraus.

»Ich bin Jonte und das hier ist das Haus vom alten Mats. Der Silbervogel hat dich auf dem Friedhof abgesetzt«, erzählte Jonte, während er das Tuch gewissenhaft auswrang. »Jedenfalls musst du gestolpert sein und dabei hast du dir den Kopf aufgeschlagen.«

»Ich hatte Angst«, erinnerte ich mich. »Da war diese Stimme, der schwarze Vogel und diese seltsame Ratte.«

Jonte zuckte bei meinen Worten zusammen, ich hatte es genau gesehen. Aber Sekunden später schon grinste er mich an und meinte: »Du bist wohl von der schreckhaften Sorte, was?«

»Das ist nicht wahr«, murmelte ich, aber sicher war ich mir nicht. Wieso nur konnte ich mich an nichts mehr erinnern? Wenn ich an mir herabsah, war ich scheinbar ein etwa elf- oder zwölfjähriges Mädchen. Aber die einzigen Erinnerungen, die ich hatte, waren die an den Apfelbaum vor der Friedhofsmauer, an die merkwürdige Ratte, an den finsteren Vogel und an meinen Sturz über den Grabstein. »Ich muss bei dem Sturz mein Gedächtnis verloren haben«, vermutete ich.

Jonte kicherte, während er mir das feuchte Tuch auf die Stirn zurücklegte. Dann stand er auf und ging zu einem kleinen Tisch. »Du hast dein Gedächtnis nicht verloren, das geht jedem so, der hierherkommt«, erklärte er, während er Tee in eine Tasse goss.

»Hier, trink«, sagte er und setzte sich zu mir.

Der Tee roch scheußlich und ich nippte nur einmal kurz an der Tasse. Dann gab ich sie ihm zurück.

»Du musst alles austrinken, solange der Tee noch heiß ist«, beharrte Jonte darauf, dass ich mehr von dem Gebräu trank. »Mats sagt, das ist gut gegen die Kopfschmerzen.«

»Und Mats? Wo ist er überhaupt?«, fragte ich zwischen zwei Schlucken.

»Ich glaube, er ist noch einmal auf den Friedhof gegangen. Jedenfalls hat er gemeint, dass er herausfinden möchte, wo genau ich dich gefunden habe.«

»Du hast mich gefunden?« Ich musterte Jonte. Vielleicht war er so alt wie ich, vielleicht auch etwas älter. Er hatte nicht nur struppiges Haar, sondern auch lustige Augen. »Mitten in der Nacht? Warum warst du auf dem Friedhof?«

»Ich habe gesehen, wie der Silbervogel dort gelandet ist.« Jonte deutete mit dem Kopf nach oben. »Von meinem Zimmerfenster aus.«

»Und dann?«

»Dann hab ich dich gesucht, gefunden und auf meinem Rücken hierhergetragen«, sagte Jonte stolz und grinste mich an.

»Danke«, erwiderte ich und trank mehr von dem Tee, an den ich mich beinahe gewöhnt hatte.

Jonte legte gerade neue Holzscheite ins Feuer, als draußen ein Hund bellte. Kurz darauf hörten wir Schritte auf dem Kies vor dem Haus.

»Er ist zurück«, meinte Jonte erleichtert und öffnete die Tür. Lasko kam hereingetrottet und ging schnurstracks zum Kamin, schüttelte sich, als wolle er den Staub der Nacht aus seinem Fell vertreiben, und rollte sich vor dem Feuer ein.

»Sie ist aufgewacht«, rief Jonte hinaus in die Nacht, dem alten Mats entgegen.

»Ja, das hab ich erwartet«, sagte Mats, als er in die Wohnstube trat. Er warf mir ein gutmütiges Lächeln aus seinem faltigen Gesicht zu und hängte seine Jacke an den Haken. Dann rückte er sich seinen Sessel näher an das Sofa heran und setzte sich mit einem tiefen Seufzer mir gegenüber. »Ich hoffe, du hast den Tee auch ausgetrunken«, sagte er mit seiner tiefen Stimme und lächelte mich wissend an.

»Ja, hab ich.« Zum Beweis hielt ich ihm meine fast vollständig geleerte Teetasse hin.

»Gut so, gut so.« Mats nickte zufrieden und lehnte sich zurück. Für einen Moment schloss er die Augen. »Du bist also Elin.«

»Ich glaube schon«, antwortete ich nach einer Weile.

»Hast du etwas herausgefunden, Mats?«, fragte Jonte neugierig.

»Mh-mh«, machte Mats kaum merklich nickend und atmete ein paarmal so tief, dass ich glaubte, er wäre eingeschlafen. Doch plötzlich öffnete er seine Augen und raunte mit geheimnisvoller Stimme: »Loke.«

Jonte und ich sahen uns verwundert an.

»Versteht ihr denn nicht? Der Name auf dem Grabstein. Du bist über Lokes Grabstein gestürzt.« Mats sah mich eindringlich an. »Hast du diesen Namen schon einmal irgendwo gehört? Denk nach, Kind. Denk nach.«

Loke. Ich grübelte, soweit mein schmerzender Kopf es zuließ, aber sosehr ich auch in meinen wenigen Erinnerungen grub, diesen Namen fand ich dort nicht. »Nein, tut mir leid«, flüsterte ich deshalb zögernd.

Mats deutete auf den Tisch. »Bitte, Jonte. Schenk mir auch von dem Tee ein.«

Jonte holte gerade eine zweite Tasse aus dem Raum nebenan, als Mats sich zu mir vorbeugte.

»Ich bin mir sicher, es war kein Zufall, dass du ausgerechnet über seinen Grabstein gefallen bist. Zwischen

Loke und dir gibt es Verbindung. Ich möchte, dass du gut nachdenkst.«

Mats' Blick fiel auf meine linke Hand und ich sah, wie er erschrak.

»Du?«, flüsterte er leise und strich über das längliche Muttermal auf meinem Handrücken. »Du bist das?«

»Ich verstehe nicht, Mats. *Du* hast doch gesagt, ich bin Elin. Und den Namen Loke habe ich wirklich noch nie gehört. Aber da war diese Stimme auf dem Friedhof. Ich glaube, ich war dort nicht allein. Jemand hat mich gerufen.«

Weil mir der Kopf vom ganzen Grübeln scheußlich schmerzte, trugen sie mich hinauf in eine kleine Kammer und legten mich in ein weiches Federbett.

»Schlaf, Kind. Schlaf dich gesund«, sagte Mats und strich mir liebevoll über das Haar.

»Mats?«, rief ich ihn zurück, als er die Zimmertür leise hinter sich schließen wollte.

»Ja, Elin?«

»Wer ist es, dessen Augen in der Nacht blind sind?«, fragte ich, doch ich schlief ein, noch bevor er mir antworten konnte.

Sternenwind

Das Erste, was ich sah, als ich aufwachte, war das helle Licht. Es durchflutete wie ein glänzender Schleier die kleine Kammer, in der ich lag. Ein leichter Wind spielte mit den luftigen Gardinen vor dem offenen Fenster, die lustige Schatten an die Wände malten.

Ich setzte mich im Bett auf und versuchte mich zu erinnern, wo ich war. Langsam nur kehrten die Erinnerungen zurück. In der Ferne bellte ein Hund und eine Jungenstimme rief: »Mats, wie lange will sie denn noch schlafen?« Als ich ein Pferd schnauben hörte, sprang ich vor Neugierde aus dem Bett.

»Autsch.« Ich fasste mir an die Stirn, auf der ein großes Pflaster klebte. Langsam schlich ich zum Fenster.

Es war ein herrlicher Morgen. Das silberhelle Licht entlockte den Vögeln ein fröhliches Morgenlied. Mats' Haus lag am Rande einer Weide, die durch eine hohe, steinerne Mauer vom restlichen Land dahinter abgetrennt war. Auf der Weide blühten die Apfelbäume und darunter ragten vereinzelt, wie zufällig hingeworfen, Grabsteine aus dem Erdreich empor, um die herum einige Schafe grasten. Ich entdeckte sogar zwei kleine Lämmer unter ihnen.

Der alte Mats reparierte gerade eine Seite des Weidetors an der Hofeinfahrt. Auf der anderen Gatterhälfte saß Jonte und schwang sich vor und zurück. Daneben lag Lasko, der Hund, schläfrig im Gras. Einige Hühner liefen gackernd über den Hof und vor dem kleinen Schuppen rechts neben dem Haus stand ein braunes Pferd in der Morgensonne.

»Glaubst du, sie ist eine von uns?«, fragte Jonte, während er vom Tor sprang.

Was Mats darauf antwortete, konnte ich nicht verstehen. Als er hinauf zu meinem Fenster deutete, versteckte ich mich schnell hinter der Gardine.

Auf einer Kommode neben der Tür entdeckte ich ein Stück Seife, eine Schüssel mit Wasser und frische Kleidung, die vermutlich Jonte gehörte.

Zehn Minuten später verließ ich in viel zu großen Hosen das Kämmerchen unter dem Dach. Nur meine Schuhe konnte ich nicht finden und so stieg ich auf Socken eine schmale Holztreppe hinab und stand in der lichtdurchfluteten Wohnstube. Die Haustür stand weit offen. Ein

Huhn sonnte sich auf der untersten Treppenstufe. Das Feuer im Kamin war erloschen und die alte Asche war entfernt worden. Die Wolldecken auf dem Sofa, auf dem ich gestern Abend gelegen hatte, waren ordentlich zusammengefaltet. Auf den Tisch hatte jemand einen Teller mit Marmeladenbroten, eine Schale mit Äpfeln und Birnen und ein großes Glas Milch gestellt.

»Meine Klamotten sind ein bisschen groß, was?«, meinte Jonte grinsend, der plötzlich in der Haustür auftauchte.

Ich krempelte die viel zu langen Ärmel des Pullovers hoch. »Och, das passt doch ganz gut. Danke.«

»Du hast Hunger, stimmt's?«

»Und wie«, gab ich zu.

»Worauf wartest du dann noch?«, fragte Jonte ungeduldig und schob mir einen Stuhl am Esstisch zurecht.

Ich sah ihn sprachlos an. »Du meinst, das ist für mich?«

»Für wen denn sonst? Wir haben schon vor drei Stunden gefrühstückt.«

Das erste Marmeladenbrot aß ich in drei Bissen.

»Du hast wohl echt schon lange nichts mehr gegessen, was?«, fragte Jonte verblüfft.

»Kann sein«, murmelte ich schulterzuckend zwischen zwei großen Schlucken Milch. Wie sollte ich das wissen? Ich konnte mich ja an nichts mehr erinnern.

Nach dem Frühstück brachte Jonte mein Geschirr in die

Küche und ich folgte ihm leise. Ich beobachtete, wie er die übrigen Brote in Butterbrotpapier einwickelte und sie in seine Jackentasche steckte. Ich huschte auf Zehenspitzen zurück in die Wohnstube, als Jonte auch schon hinter mir herkam und zwei Äpfel in der anderen Jackentasche verstaute.

»Deine Schuhe stehen dort an der Haustür. Wir haben sie letzte Nacht am Kaminfeuer getrocknet«, rief Jonte mir zu und stapfte durch die Haustür davon.

Ich schlüpfte in meine Schuhe und folgte ihm hinaus auf den Hof. Das gleißende Sonnenlicht blendete mich und so dauerte es einige Augenblicke, bis ich wieder sehen konnte.

Der alte Mats war noch immer mit dem Gatter beschäftigt und als er mich sah, rief er: »Guten Morgen, junge Dame. Ich hoffe, du hast gut geschlafen?«

Ich nickte und sah zu Jonte. Er stand bei dem braunen Pferd und streichelte ihm über die weiße, sternförmige Blesse auf der Stirn.

»Das ist Sternenwind, mein Pferd«, hörte ich ihn rufen, aber es dauerte einen Moment, bis ich begriff, was er gesagt hatte.

»Du meinst, du hast ein eigenes Pferd?«, fragte ich verblüfft und ging langsam näher. Sternenwind war wunderschön. Sein Fell glänzte, seine Beine waren etwa bis zur

Hälfte hinauf weiß, als wäre er soeben durch tiefen Schnee gelaufen.

Jonte kicherte. »Warum denn nicht? Sag bloß, du bist noch nie geritten.«

»Ich bin mir nicht sicher …«, flüsterte ich. Wie konnte ich das auch wissen?

»Dann nichts wie los«, rief er vergnügt.

»Langsam, langsam.« Der alte Mats kam zu uns herüber, stellte seinen Werkzeugkasten ab und betrachtete das Pflaster auf meiner Stirn. »Fein«, meinte er zufrieden. »Hast du noch Schmerzen?«

Ich schüttelte den Kopf.

Er sah mich lange nachdenklich an, dann sagte er: »Also mir soll es recht sein, Jonte. Aber nur im Schritttempo. Hast du gehört? Keine wilden Ritte.«

»Abgemacht!« Jonte strahlte mich an.

Er stieg zuerst auf und dann hob der alte Mats mich auf Sternenwinds Rücken. Es war sehr hoch und ziemlich wackelig. Daher schlang ich beide Arme um Jonte, um mich festzuhalten.

»So ist es gut.« Der alte Mats nickte uns noch einmal zu und dann lief er zurück zum Weidetor und öffnete es für uns.

»Und gib acht, dass ihr nicht zu nah an den Wald reitet. Du weißt, sie bleiben nicht mehr dort. Sie kommen immer näher«, warnte Mats Jonte und ich horchte auf.

Murmelquelle

Sternenwind trottete langsam und gemächlich einen kleinen Feldweg hinter der Friedhofsmauer entlang. Die Sonne war warm, der Sand staubte hinter uns auf und um uns herum zwitscherten die Vögel.

Als wir beinahe das Ende der langen Mauer erreicht hatten, meinte Jonte: »Siehst du den Apfelbaum dort? Da hat der Silbervogel dich abgesetzt.«

Die Äste eines knorrigen Baums ragten über die Mauer und zitterten im warmen Wind. Weiter hinten, zwischen den vereinzelten Grabsteinen, grasten die Schafe und ihr wolliges Fell leuchtete auf der dunklen Wiese wie weiße Wölkchen an einem tiefblauen Sommerhimmel. Erst einige Augenblicke später sah ich auch die dunklen Schafe.

Alles sah so friedlich aus, doch spürte ich, dass die Ratte noch immer unter dem wilden Brombeerstrauch ausharrte und auf irgendetwas wartete.

»Die beiden Lämmer wurden erst vor drei Wochen geboren«, rief Jonte und deutete auf ein weißes und ein schwarzes Lämmchen. »Ich habe sie Silberweiß und Rabenschwarz genannt.«

Der Weg führte an einem Waldrand vorbei und wir mussten uns hin und wieder ducken, um tief hängenden Ästen auszuweichen. Alles war so herrlich leicht und ich fühlte, wie sich das Abenteuer anpirschte.

Einmal sagte Jonte: »Ich würde ja gerne etwas schneller reiten, denn dann wären wir bald am Wildbach.« Aber er tat es nicht. Ein anderes Mal meinte er: »Siehst du da hinter den Bäumen den Silberturm? Dort wohnt die Heimliche Kaiserin.«

Die *Heimliche Kaiserin.* Diesen Namen hatte ich schon einmal gehört. Hinter den Baumkronen ragte in der Ferne ein alter, efeuumschlungener Turm in die Höhe. An manchen Stellen war der Putz abgebröckelt und legte rote

Ziegelsteine frei. In den Fenstern spiegelte sich der Glanz der Sonne. Nichts an dem alten Turm aber war silbern.

»Wieso heißt er Silberturm?«, fragte ich deshalb.

»Das weiß niemand so genau, aber es wird vermutet, dass es am Silbervogel liegt. Der Silberturm ist auch sein Zuhause«, flüsterte Jonte zu mir nach hinten.

Ich klammerte mich noch fester an ihn, denn ich fror plötzlich. Der Wald, an dem wir vorbeiritten, war dicht und dunkel und er hauchte eine seltsame Kühle aus. Es war nahezu unheimlich, wie still und finster es in dem Dickicht war. Kein Windhauch in den Blättern, kein Vogelsingen unterbrach das tiefe Schweigen.

»Hab keine Angst«, raunte Jonte und gerade das jagte mir einen Schauer über den Rücken. Ich beobachtete, wie er stur geradeaus sah und nicht ein einziges Mal nach links in den Wald blickte.

Erst als wir am Wald vorbei waren und die Sonne hinter den hohen Bäumen wieder hervorlugte und mein Gesicht wärmte, rief Jonte fröhlich: »Das wäre geschafft. Jetzt dauert es nicht mehr lange bis zur Murmelquelle.«

Mich aber beschlich eine seltsame Ahnung, dass irgendetwas nicht stimmte. Etwas Geheimnisvolles ging hier vor sich, drohte aus der Dunkelheit. Und ich wusste längst, dass das nicht nur mit der seltsamen Ratte auf dem Friedhof zusammenhing.

Als der Wald hinter uns lag, wurde die Gegend zunehmend felsiger und wir kamen dem Silberturm immer näher. Sternenwind lief über einen schmalen steinigen Weg, der sich wie eine Schlucht zwischen Gebüsch und Felswänden hindurchschlängelte.

»Achtung!«, rief Jonte und deutete nach rechts.

Wir passierten eine Geröllwand und ich erblickte ein einfaches Holzgeländer, das eine Böschung absicherte, und dahinter lag dunkel schimmernd ein kleiner See.

»Das ist die Murmelquelle«, erklärte Jonte und sprang von Sternenwinds Rücken. »Komm schon«, rief er fröhlich und half mir abzusteigen. Er band Sternenwind am Geländer fest und zog mich hinter sich her, eine kleine steinerne Treppe den Hang hinab.

Die Sträucher und Bäume am Ufer wuchsen bis ins Wasser, sodass man kaum erkennen konnte, wo der See aufhörte.

Ich blickte ins stille Seewasser und das Spiegelbild erwiderte meinen Blick. Der See lag wie ein tiefschwarzer Abgrund vor mir, schwärzer als andere Seen, und die Dunkelheit unter der glatten Oberfläche schien mich wie ein riesiges finsteres Auge anzustarren.

Plötzlich stieg weißer Dunst aus dem Wasser empor und im Spiegelbild des Sees verschwammen die Bäume und Sträucher und auch Jonte verschwand. Stattdessen zogen am Horizont nun finstere Wolken vorbei. Ein Blitz

schoss zur Erde und ein Schwarm schwarzer Vögel stob aus den Baumkronen auf und flog direkt auf den See zu.

»Jonte!«, rief ich erschrocken und drehte mich blitzschnell herum.

Jonte war ein paar Schritte die Böschung hinaufgestiegen. Oben am Zaun graste Sternenwind in der warmen Frühlingssonne, die an einem strahlend blauen Himmel schien.

Jonte sammelte einige flache Steine vom Boden auf und rutschte die Böschung wieder hinunter. Er beugte sich tief hinab und schnippte mit einer geübten Bewegung einen Stein über das Wasser. »Eins, zwei, drei … dreizehn.« Er zählte laut mit, wie oft der Stein über die

Wasseroberfläche sprang, bis er in den Tiefen des Sees versank. »Siebzehn ist mein Rekord«, sagte er grinsend. »Hier.« Er drückte mir einen flachen Kieselstein in die Hand. »Versuch's mal.«

»Hast du das gerade nicht gesehen, Jonte? Der Vogelschwarm, der sich im Wasser gespiegelt hat?« Ich blickte in den See, doch mein Spiegelbild und auch die schwarzen Vögel, die ich gerade dort noch gesehen hatte, lösten sich in den kleinen kreisförmigen Wellen auf, die Jontes Kieselstein auf der Wasseroberfläche hinterlassen hatte.

Ziemlich in der Mitte des Sees bewegte sich das Wasser plötzlich, als brodelte etwas in der Tiefe.

»Das ist die Quelle«, rief Jonte aufgeregt. »Sie sprudelt wieder. Es heißt, dass manche Menschen in ihrem Sprudeln Stimmen hören können. Wenn du mich fragst, ist das aber nur ein Märchen, wie so vieles hier.«

Ich sah Jonte genau zu, wie er mit einer einfachen Handbewegung den Stein über das Wasser hüpfen ließ, und versuchte, es ihm nachzumachen. Doch mein Stein versank mit einem »Plop« direkt vor meinen Füßen im See.

»Mats sagt immer, das ist alles nur eine Sache der Übung«, munterte Jonte mich auf und reichte mir den nächsten Stein. »Du musst dich etwas tiefer beugen und den Stein flacher werfen, als würdest du ihn über das

Wasser ziehen, guck so.« Wieder sprang Jontes Stein dreizehn Mal auf.

Immerhin schaffte ich es nach einer Weile, meinen Stein drei Mal auf dem Wasser hüpfen zu lassen.

»Siehste?«, rief Jonte und freute sich über meine drei Hüpfer mehr als über seine dreizehn.

Wir setzten uns an den Uferrand auf die Treppenstufen und Jonte holte das in Butterbrotpapier eingewickelte Marmeladenbrot aus seiner Jackentasche und gab mir eine Hälfte. Hungrig biss ich hinein und fand, dass es hier an der Murmelquelle noch tausendmal besser schmeckte.

Die Brut ist zurück.

»Hast du etwas gesagt?« Fragend sah ich Jonte an, doch der kaute mit dicken Backen.

Das Wasser in der Mitte des Sees sprudelte nun wie ein kleiner Springbrunnen und die Wellen, die es dabei warf, schwappten in regelmäßigen Abständen ans felsige Ufer.

Die Brut ist zurück.

Ich hatte es genau gehört. Es war ein leises Raunen. Doch Jonte biss gerade genüsslich in sein Marmeladenbrot, als ich es wieder hörte. Er konnte es also nicht geflüstert haben.

Es musste noch jemand in der Nähe sein. Ich sprang auf und sah mich um. »Hör zu, Jonte, wenn das ein Spaß sein soll, dann find ich das nicht lustig«, schimpfte ich.

»Wovon sprichst du?«, fragte Jonte erstaunt und stopfte sich das restliche Brot auf einmal in den Mund.

»Dieses Flüstern. *Die Brut ist zurück.* Sag nicht, das warst nicht du.«

»Das war ich nicht.« Jonte knüllte das Butterbrotpapier zusammen, steckte es zurück in seine Tasche und sah mich besorgt an. »Glaubst du, wir sollten lieber zurück nach Hause? Vielleicht stimmt ja was nicht mit deinem Kopf.«

Die Brut ist zurück.

»Da! Da war es wieder.«

»Was?« Jonte sah mich an, als wäre ich verrückt geworden.

»Die Stimme. Sie kam irgendwo von dort«, sagte ich und deutete in die Mitte des Sees, in der das Wasser noch immer sprudelte.

»Echt?« Jonte riss seine Augen weit auf und blickte auf das plätschernde Wasser. »Du hast das Murmeln gehört?«

Ich betrachtete den See, der sich langsam wieder beruhigte. Angst beschlich mich und ich griff nach Jontes Hand. »Lass uns fortgehen von hier. Es ist mir unheimlich.«

Todbringende Schatten

Sternenwind fraß noch immer vom feuchten Gras am Wegesrand, als wir über die steinerne Treppe die Böschung hinaufstiegen. Ich krallte meine Hand fest in Jontes Hand, der mich hinter sich herzog. »Ich sagte doch, du bist ein Angsthase.« Und dennoch ließ Jonte mich nicht los, er beeilte sich sogar, Sternenwind loszubinden und über das Geländer auf seinen Rücken zu klettern. Ich machte es ihm nach und hielt mich an ihm fest, denn Sternenwind trabte sofort an, als hätte er meine Furcht gespürt.

Angstvoll blickte ich zurück, und hoffte, dass keine unheimlichen Geister aus der Murmelquelle aufsteigen und uns folgen würden. Doch der See lag wieder finster und spiegelglatt da. Nur ein eisiger Luftzug wehte von unten herauf. Ich konnte mich erinnern, dass Seen gewöhnlich den Himmel spiegeln und daher blau auf der Oberfläche schimmern. Doch die Murmelquelle wirkte in diesem Moment wie ein kohlrabenschwarzes Loch in der Tiefe.

Wir zogen durch die Schlucht weiter, dem Silberturm entgegen.

»Ich schätze, ich hätte dir das von den Stimmen in der Murmelquelle nicht erzählen sollen. Warte, bis wir am Wildbach sind, dort wird es dir besser gefallen«, rief Jonte beschwingt, als wir die Murmelquelle hinter uns gelassen hatten.

Der Weg führte über Wiesen, gelb schimmernd von unzähligen Löwenzahnköpfen. An den Wegesrändern wiegten sich Schlüsselblumen und Klatschmohn im Frühlingswind. Einsame Bauernhöfe lagen schlummernd neben Obstbaumwiesen und Jonte sagte: »Dort wohnt Orge.« Oder: »Das ist das Haus von Lilian.«

Hinter einer kleinen Wassermühle entdeckte ich wieder den Silberturm. Das graue Gemäuer ragte majestätisch hinter den Bäumen auf, nahezu verwunschen. »Warum heißt die Heimliche Kaiserin eigentlich so, Jonte?«

»Weil noch niemand ihr Gesicht gesehen hat.« Jonte lenkte Sternenwind nach rechts auf einen kleinen Feldweg in Richtung Mühle.

»Noch keiner? Noch nicht einmal Mats?«

»Mats hat sie zwar schon getroffen, oft sogar, aber er hat ihr noch nie ins Gesicht gesehen.« Jonte deutete auf die alte Mühle, an der wir gerade vorbeikamen. An der linken Hausseite drehte sich ein großes hölzernes Wasserrad.

»Was soll das jetzt wieder heißen?«, rief ich verwundert.

»Tja, auch ich hab sie schon ein paarmal besucht. Immer und immer wieder bin ich zum Silberturm geritten, weil ich sie etwas Dringendes fragen wollte. Aber wirklich gesehen hab ich sie nicht. Das ist übrigens der Wildbach«, rief Jonte immer lauter, denn das Wasser rauschte tosend eine felsige Treppe hinab und drehte das ächzende Mühlrad an.

Sternenwind folgte dem Wasserlauf des Wildbachs, der sich durch tiefgrüne Wiesen schlängelte und uns in einen kleinen Forst führte. Das Wasser umspülte große Steine und floss wirbelnd durch eine Waldschlucht.

Auf einer Lichtung, auf der die Sonnenstrahlen wie ein gold leuchtender Vorhang durchs Gehölz fielen, sprang Jonte von Sternenwinds Rücken. »Da wären wir.« Er lief zum Wildbach und zog seine Schuhe aus.

»Erzählt man sich von dieser Gegend auch irgendwelche Schauergeschichten?« Ängstlich sah ich mich um.

Der moosige Waldboden wellte sich um das Wurzelwerk einzelner Baumstämme. Hoch oben in den Baumwipfeln zwitscherten Vögel und in der Ferne hörte ich einen Kuckuck rufen.

»Das ist der Silberwald. Und nein, erzählt man sich nicht«, rief Jonte grinsend und krempelte seine Hosenbeine hoch.

Ich ließ mich langsam von Sternenwinds Rücken gleiten.

»Nun trau dich schon.« Jonte watete bereits mit nackten Füßen durch den tosenden Wildbach. »Es wimmelt hier von Fischen. Man muss nur mit der Hand ins Wasser greifen …«, sagte er und schnappte blitzschnell zu. Dann reckte er seine Faust mit einem zappelnden Fisch in die Höhe.

»Jonte«, rief ich erschrocken und stürzte zu ihm. »Lass ihn frei.«

»Wieso?«, fragte er verdutzt. »Das ist unser Mittagessen.«

»Ich habe gar keinen Hunger.« Zufrieden sah ich, wie Jonte den Fisch zurück ins Wasser setzte. Er hatte recht, es wimmelte im Bach nur so von Fischen, die sich mit dem Strom um die Steine herumtreiben ließen.

Ich ließ mich auf einem großen Stein nieder, um meine Schuhe auszuziehen, als ich im Augenwinkel die Ratte bemerkte. Sie hockte jämmerlich nackt im Schatten eines moosigen Steines und blickte mich aus schwarzen Augen an.

Erschrocken sprang ich auf.

»Schade um den guten Fisch«, rief Jonte gerade enttäuscht. »Wir hätten ein kleines Lagerfeuer machen können und …«

Seine Stimme erstarb. Erschrocken starrte er zu den Baumkronen hinauf.

Alarmiert folgte ich seinem Blick.

Irgendetwas war mit dem herrlichen Frühlingstag geschehen. Schwere Wolken zogen heran und verfinsterten den Himmel. Der Wind hörte auf zu wehen und die Luft schien zu gefrieren. Dunkle Schatten legten sich vor die Sonne. Eine eisige Kälte packte mich und Angst schnürte mir die Kehle zu.

Sternenwind, der auf einer Lichtung gegrast hatte, wieherte laut und galoppierte davon. Auch die Ratte war auf einmal wie vom Erdboden verschluckt.

»Sternenwind«, schrie Jonte entsetzt und sprang in wenigen Sätzen aus dem Wildbach. Er schnappte sich im Laufen seine Schuhe und riss mich an der Hand hinter sich her. »Schnell, Elin, nichts wie weg hier!«

Wir rannten durch den Silberwald, stolperten über Baumwurzeln, rappelten uns wieder auf und stürzten weiter. Als wir an einer winzigen Lichtung ankamen, blieb Jonte wie vom Donner gerührt stehen.

»Keinen Schritt weiter«, flüsterte er warnend und hob seinen Blick langsam nach oben.

Ein großer schwarzer Vogel kreiste über der Waldlichtung.

»Das ist der Vogel, den ich auf dem Friedhof schon gesehen habe«, raunte ich zurück. Seltsam. Obwohl die Sonne von finsteren Wolken verdeckt war, warf der Vogel einen schwarzen Schatten auf die Erde. Die Luft war klirrend kalt und ich konnte kaum meinen Mund bewegen.

Jonte nickte wissend.

»Wenn sein Schatten dich trifft, ist es um dich geschehen.« Weiße Frostwölkchen bildeten sich vor Jontes Mund, während er sprach. Seine Lippen waren blau vor Kälte. Ebenso seine nackten Füße.

»Du meinst, dann stirbt man?«

Jonte nickte erneut.

Ich zog erschrocken die eisige Luft ein, die wie mit tausend Nadeln in meinen Lungen stach.

»Ich habe Angst, Jonte.«

»Ich weiß«, sagte er leise.

Ich weiß. Ja, Jonte wusste, wie sehr ich mich fürchtete. Und sicher fürchtete er sich genauso sehr. Aber er würde es nie zugeben. *Weil es die Angst nur noch größer macht. Weil die Angst dadurch wächst,* würde er viel später sagen.

»Wir müssen im Schutz der Bäume bleiben«, flüsterte er mir stattdessen zu und zog mich an der Hand hinter sich her.

Wir hasteten durchs Dickicht um die kleine Waldlichtung herum. Irgendwann blickte Jonte beunruhigt in Richtung Himmel. »Es sind schon zwei.« Er deutete zwischen den Bäumen hinauf zu den finsteren Wolken. Ein Blitz zuckte zu Boden und der Donner grollte über den Wald.

»Was sind das für Vögel?«, fragte ich ängstlich und sah mit einem Schaudern ihre großen schwarzen Schwingen über den Wald segeln.

»Nachtschattenvögel«, wisperte Jonte. »Ihre Schatten bringen Tod. Keiner kann ihren Angriff überleben. Keiner. Kein Mensch und kein Tier. Durchbohrt dich ihr Schatten, ist das dein sicheres Ende.«

»Ich glaube, ich wusste nicht, dass es solche Vögel gibt.«

»Mats sagt, das weiß keiner, bevor er hierherkommt«, raunte Jonte zurück und zog mich weiter. »Siehst du dort hinten das Gemäuer?«, wisperte er und deutete auf ein altes, efeubewachsenes Mauerwerk, das versteckt hinter den Bäumen lag. »Das ist der Silberturm. Wenn wir es bis dorthin schaffen könnten …«

Im Schutz der Bäume schlichen wir weiter und kamen dem Silberturm immer näher. Als wir uns am Waldrand tief unter einen Holunderstrauch duckten, sah ich sie wieder. Die Ratte.

»Da ist sie, Jonte. Die Ratte vom Friedhof«, flüsterte ich und zeigte auf den Haselstrauch, unter dem der Nager gerade noch gesessen hatte. Doch schon wieder war die Ratte im nächsten Augenblick verschwunden. Als hätte sie sich in Luft aufgelöst.

Jonte aber deutete auf eine kleine hölzerne Tür im Silberturm. Es waren nur wenige Meter vom Holunderstrauch bis zur rettenden Tür, doch kein Baum oder Strauch gab uns Deckung. Dann blickte er erneut zum Himmel hinauf. Die beiden Vögel zogen Kreise über unseren Köpfen.

Er wartete und wartete, duckte sich wieder tief unter den Holunderbusch und dann plötzlich zischte er: »Los!«

Silberturm

Es war, als ob die Stille atmete. Jeder Schritt über die Lichtung klopfte in meinem Körper wie das laute Hecheln eines wilden Tieres. Mein Blick war starr auf die rettende Holztür gerichtet. Ich spürte die Gefahr drohend über mir kreisen. Todbringende Schatten. Sie hatten mich längst entdeckt. Ich sah Jonte an der Holztür rütteln und spürte bereits den Schatten im Nacken, als plötzlich alles in einem silberhellen Licht ertrank, das sich wie ein Mantel über uns ausbreitete. Als sich die Tür öffnete, bahnte sich auf einmal eine leuchtende Schneise durch die Finsternis.

Ich flüchtete durch das gleißende Licht in die rettende Dunkelheit hinter den grauen Mauern und Jonte warf mit einem lauten Knall die Holztür hinter uns zu.

Fern, durch das laute Klopfen meines Herzschlags, hörte ich Jonte leise lachen. Es klang wie das Gurren der Tauben hoch oben auf dem Turmdach.

Durch ein schmales Fenster fiel zunehmend heller werdendes Tageslicht in den kleinen Raum, von dem aus eine steinerne Treppe nach oben in die Dunkelheit führte. Die Stufen waren sandig und ausgetreten. Im Treppengeländer hingen Spinnweben, in denen sich trockenes Laub und Vogelfedern verfangen hatten.

»Komm«, flüsterte Jonte, nachdem er zurück in seine Schuhe geschlüpft war, und nickte in Richtung der Treppe.

Es waren unzählige zersprungene Stufen. Manche waren lose, von manchen fehlte ein Stück. Ich schürfte meine Hände am rauen Mauerwerk auf. Für einen Augenblick glaubte ich, jemanden hinter uns die Treppe heraufklettern zu hören. Ich blieb stehen, hielt den Atem an, aber unter uns war nur schweigende Dunkelheit.

Wir waren schon ein ganzes Stück im Turm hinaufgestiegen, als durch eine schmale Maueröffnung Licht auf die Treppenstufen fiel. Ich lehnte mich an die brüchige Mauer, um hinauszusehen. Wir waren schon so hoch gestiegen, dass man über die Baumkronen hinweg über das Land sehen konnte. Die finsteren Wolken hatten sich verzogen, ebenso die schwarzen Vögel.

Stufe um Stufe stiegen wir in dem baufälligen Turm empor, bis wir vor einer hölzernen Tür ankamen. Die Kälte in dem alten Gemäuer ließ mich frieren. Genauso wie das Rascheln von unten aus der Dunkelheit.

»Jonte, ich glaub, da ist jemand«, flüsterte ich.

»Sicher. Der Silberturm ist das Zuhause der Heimlichen Kaiserin«, sagte er und klopfte an die Tür.

Als hätte er einen geheimen Zauberspruch gesagt, sprangen beide Flügeltüren weit auf.

Wieder schlug uns gleißendes Licht entgegen, hing im

Gewölbe des Turmzimmers wie ein weißer Schleier. Wir befanden uns in einem nahezu gläsernen Raum hoch oben im Silberturm. Vor bodentiefen Fenstern stand ein weißes Sofa und auf der anderen Seite ein silberner Schreibtisch, von dem aber nur die geschwungenen Füße zu sehen waren, denn er versank unter ausgebreiteten Karten. Landkarten. Hinter dem Schreibtisch lehnte ein großer wertvoller Spiegel, dessen Glas aber seltsam milchig und verschwommen war. Kostbare Teppiche dämpften meine Schritte, als ich zu der weit offen stehenden Glastür ging. Ein weißer Pfau balancierte auf dem gusseisernen Geländer eines Balkons, der rund um den Burgturm führte.

»Elin«, rief Jonte, der bereits an dem Balkongeländer in schwindelerregender Höhe stand. »Sieh dir das an.«

Vorsichtig trat ich hinaus ins Freie. Von hier oben hatte man einen herrlichen Blick über das ganze Land. Jonte zeigte mir die kleine Wassermühle und den Wildbach, der sich durch kleegrüne Wiesen schlängelte. Irgendwo dahinter lag, versteckt unter Sträuchern und Felsgestein, die Murmelquelle. Bis in weite Ferne konnte man einzelne Häuser erkennen, so klar war der Himmel wieder. Jonte umrundete langsam den Balkon und zeigte mir im Süden die Feensümpfe und weiter im Westen das Drachengebirge. Ich fragte mich, ob das Drachengebirge so hieß, weil es sich wie ein gezackter Drachenschwanz durchs Land zog. Im Norden erstreckte sich das Oedland, eine große Wildnis und daran angrenzend im Osten …

»Im Osten schließlich der Finsterwald«, sagte Jonte und ich hörte in seiner Stimme ein Zittern wie von großer Furcht oder Zorn.

»Der Finsterwald«, flüsterte ich und blickte über einen dunklen Wald, dessen Baumgerippe allesamt keine Blätter trugen. Dennoch war der Wald sonderbar dicht und undurchsichtig und von einer unfassbaren Größe.

Jonte seufzte und ging zurück ins Turmzimmer. »Der Finsterwald breitet sich rasend schnell aus. Täglich, ja stündlich schießen neue Finsterwaldbäume in die Höhe und ihren Zweigen entwachsen keine Blätter oder Früchte, sondern scheußliche Vogelwesen, deren ausgebreitete Schwingen große Schatten werfen.«

»Die todbringenden Nachtschattenvögel«, murmelte ich und fröstelte, als ich schemenhaft die großen Vögel über dem Finsterwald kreisen sah.

Ich wollte schon Jonte ins Turmzimmer folgen, als mein Blick erneut an dem weißen Pfau hängen blieb. Vollkommen reglos saß er auf dem Balkongeländer über dem Abgrund und sah mich mit einem tiefen Blick aus seinen permuttfarbenen Augen an. Es war ein seltsam gütiger Blick.

»Ich verstehe das nicht«, sagte ich, als ich meine Augen von dem weißen Pfau losriss und zurück ins Turmzimmer trat. Jonte stand über den Schreibtisch gebeugt und studierte die große Landkarte, die dort ausgebreitet lag. Es schien eine Übersicht über das Reich Hinter der Morgenröte zu sein.

»Wieso haben die Nachtschattenvögel solch eine Macht, Jonte?«

»Weil sie immer mehr Nistplätze finden.«

Doch es war nicht Jonte, der zu mir sprach.

Die Heimliche Kaiserin

Auf dem Balkon schlug der Pfau seine Federn hoch, sodass sie sich zu einem prächtigen Rad aufstellten. Und plötzlich nahm der weiße Vogel eine menschliche Gestalt an und hatte sich in wenigen Augenblicken in eine zierliche Frau verwandelt, deren Gesicht unter einer weißen Vogelfedermaske versteckt war. Auf ihrer Stirn prangte am oberen Rand der Maske das Auge einer großen Pfauenfeder, das perlmuttfarben schimmerte. Sie trug einen weißen Mantel, der im Wind flatterte. Der aufgestellte Kragen erinnerte mich an das Pfauenrad und ihre silberweißen Haare waren kunstvoll hochgesteckt.

»Die Nistplätze, meine liebe Elin, sind das Problem und die Lösung zugleich«, sagte die fremdartige Frau. Ihre Stimme klang so sanft wie das Rauschen des Windes in den Zweigen der Apfelbäume.

Ein seltsamer Schauder durchzog mich. Nicht wirklich Angst, nicht wirklich Schrecken. Vielmehr war es die

Scheu vor der Fremdartigkeit der Vogelfrau. Ich suchte nach Jontes Hand.

»Das ist die Heimliche Kaiserin«, flüsterte Jonte mir zu, der selbst einen Moment lang wie erstarrt gewesen war.

»Ach, du musst dich doch nicht vor mir fürchten, mein Kind«, sagte die Kaiserin schmunzelnd, als sie in den Raum trat und bemerkte, wie ich mich schnell hinter Jonte versteckte.

»Herzlich willkommen zu Hause, Elin.« Die Heimliche Kaiserin nickte mir freundlich zu. »Willkommen im Reich Hinter der Morgenröte. Heimat der Märchen und Sagen. Heimat der Drachen, Feen, Elfen, Kobolde und was immer du dir vorstellen kannst. Denn alles, was Menschen sich in ihrer Fantasie vorstellen können, entsteht im gleichen Augenblick auch schon hier im Reich Hinter der Morgenröte. Du findest hier Gebirge, in deren Höhlen noch Drachen hausen und in deren Vergissmeinnicht-Tälern Feen ihre lustigen Reigen tanzen. In den Wäldern leben Elfen meist friedlich mit Kobolden zusammen. Früher konnte man bei einem Waldspaziergang gelegentlich ein Einhorn zwischen den Bäumen entdecken. Aber das ist lange her.« Die Heimliche Kaiserin setzte sich auf das Sofa und winkte uns zu sich heran. »Das Reich Hinter der Morgenröte kann nur der finden, der noch fähig ist, zu träumen. Hier sind wir geschützt vor der Kälte und

Lieblosigkeit der Menschen. Wir alle. Die Träumer und auch all die Kreaturen, an die die kaltherzigen Menschen nicht mehr glauben.«

Lange, lange schwieg die Heimliche Kaiserin. Ihre zierlichen Hände, die denen eines Kindes glichen, prüften den Sitz der Maske. Ihre grün schimmernden Augen waren das Einzige, das man von ihrem Gesicht erkennen konnte, und ich bemerkte, wie sie immerzu besorgte Blicke zum Himmel warf. Irgendwann blieb ihr Blick an meiner linken Hand hängen und sie strich mit ihren zarten Fingern sanft über mein Muttermal.

Die Berührung der Heimlichen Kaiserin war kurz und sanft wie das Streicheln einer Feder.

»Aber ich habe weder Feen, Elfen noch Drachen gesehen«, sagte ich und strich verwundert über meinen Handrücken.

Die Heimliche Kaiserin schüttelte sich plötzlich, als wäre sie aus einem Traum aufgewacht.

»Es gibt sie schon, aber sie haben sich versteckt. Aus Angst vor Atieno«, erzählte die Heimliche Kaiserin. Sie machte eine schnippende Handbewegung. »Atieno, der in der Nacht Geborene, ist der Herrscher der Nachtschatten. Er wohnt im Haus ohne Aussicht, dem hohlen Stamm des ersten aller Finsterwaldbäume. Er ist ein scheußliches Vogelwesen mit menschlichem Gesicht.«

In dem großen kostbaren Spiegel lichtete sich wie von Zauberhand der weiße Nebel und ein angsteinflößendes vogelartiges Wesen nahm Gestalt an.

Es war ein großer schwarzer Greifvogel, der still wie ein Geier auf einem hohlen Baumstamm saß und auf Beute zu warten schien. Sein Gesicht hingegen war menschlich und erinnerte an das eines verbitterten Mannes, durchzogen von tiefen Furchen.

»Wie Jonte schon sagte«, fuhr die Heimliche Kaiserin fort, »Atieno wird immer mächtiger. Sein Finsterwald breitet sich rasend schnell aus. Stündlich schießen neue Finsterwaldbäume in die Höhe und ihren Zweigen entwachsen die scheußlichen Vogelwesen, deren ausgebreitete Schwingen große Schatten werfen.«

Mit einem erneuten Schnippen der Kaiserin gab der Spiegel den Blick auf Atienos Nachtschattenvögel frei. Tiefe Kreise zogen diese über dem Finsterwald und warfen dabei lange dunkle Schatten. »Diese Nachtschatten legen sich düster über das Reich Hinter der Morgenröte. Sie löschen jedes Leben aus, das unter ihre Flügel gerät. Menschenleben genauso wie Drachenleben, Elfen- oder Feenleben.«

Die Heimliche Kaiserin ließ im Spiegel ein neues Bild entstehen. Ich schauderte, denn es war der Friedhof hinter Mats' Haus. Jener Friedhof, auf dem der Silbervogel mich nachts abgesetzt hatte. Ich sah den knorrigen

Apfelbaum, die brüchige Mauer, gesäumt von wilden Brombeersträuchern, und die einzelnen Grabsteine, die ohne jede Ordnung hier und da auf der Friedhofswiese verteilt lagen.

Das Bild im Spiegel verschwamm und Augenblicke später erschien dort ein Gebirge, aus dessen Höhlen blaue Rauchsäulen aufstiegen. »Das ist das Drachengebirge und zugleich der letzte Zufluchtsort der Drachen. Seit vielen, vielen Jahren können diese wertvollen Geschöpfe nun ihre Höhlen nicht mehr verlassen«, sagte die Heimliche Kaiserin traurig und mit einer Handbewegung erloschen die Bilder im Spiegel. »Weil aber hier im Land Hinter der Morgenröte alles Leben erstarrt und die Drachen und all die anderen wertvollen Kreaturen sich nicht mehr frei bewegen können, verkümmern auch weit, weit fort von hier die Menschenherzen. Die Menschen können ohne die Quelle der Fantasie aus dem Reich Hinter der Morgenröte nicht mehr träumen und ihre Herzen werden immer härter. Ja, ihre Herzen versteinern regelrecht.«

Im Spiegel erschien eine graue Straße inmitten einer Häuserschneise. Unzählige Menschen hetzten mit gesenkten Köpfen aneinander vorbei. Jemand schrie mit wutverzerrtem Gesicht einen Marktverkäufer an und eine alte Frau wurde von der vorübereilenden Meute zur Seite geschubst. Ein kleines Kind hatte eine glänzende Münze auf dem Gehweg entdeckt, doch als es sich nach dem Silberling bückte, zog und zerrte die Mutter das Kind hastig hinter sich her.

Der Nebel breitete sich wieder aus, die Kaiserin erhob sich und sagte: »Kommt!« Sie trat mit uns vor den milchig trüben Spiegel, in dem sich nur schemenhaft unsere Umrisse abzeichneten, und gerade als ich versuchte, mein Gesicht zu erkennen, gab der Spiegel den Blick in eine Küche frei: Ein fettleibiger Mann saß Zeitung lesend an einem Küchentisch. Ihm gegenüber thronte eine Frau, die mit finsterer Miene einem struppigen Hund den Kopf tätschelte. In der Mitte und tief über einen Teller gebeugt saß ein vielleicht elf- oder zwölfjähriges Mädchen mit langem silberblondem Haar.

»Das bin ja ich«, rief ich erstaunt und ging einen Schritt näher. Meine Knie zitterten, als ich mir selbst dabei zusah, wie ich mit einem Honiglöffel Elin auf eine Scheibe Brot schrieb. »Elin. Das ist mein Name«, flüsterte ich betroffen, als ich in mein trauriges Gesicht blickte.

»Erinnerst du dich?«, fragte die Heimliche Kaiserin und ließ das Bild im Spiegel wieder verschwimmen.

»Nicht«, rief ich erschrocken. Meine Augen durchsuchten den Nebel nach meinem eigenen Bild, doch er zeigte nun wieder undeutlich meine Umrisse.

»Das verstehe ich nicht«, rief Jonte und ging näher an

den Spiegel heran. »Was hat Elin gesehen? Da war doch gar nichts.«

»Erinnerst du dich, Elin?«, fragte die Heimliche Kaiserin.

»Nein«, flüsterte ich.

»Das habe ich mir gedacht.« Die Kaiserin trat ebenfalls näher. Sie legte mir eine Hand auf die Schulter und drehte mich langsam zu sich herum. In ihren grünen Augen hinter der Pfauenmaske schimmerte Güte, als sie sagte: »Keiner, der von drüben kommt, kann sich erinnern.«

»Warum?«

»Jeder sieht im Spiegel etwas anderes. Du hast dich gesehen. Ich habe mich gesehen. Jonte kann im Spiegel nichts Besonderes entdecken, denn er ist nicht von drüben.« Die Heimliche Kaiserin deutete auf Jonte, der immer noch suchend vor dem Spiegel stand. »Das, was wir im Spiegel sehen, ist das, was uns hierhergebracht hat.«

»Diese Leute haben mich hierhergebracht?«, fragte ich ungläubig.

Die Heimliche Kaiserin lächelte mich warmherzig an. »Ja und nein«, sagte sie geheimnisvoll.

»Ich verstehe nicht«, erwiderte ich verwirrt.

»Im Reich Hinter der Morgenröte sind wir beschützt. Behütet durch unsere eigene Fantasie. Was uns von dort«, sie deutete auf den Spiegel, »was auch immer uns von dort fortgehen ließ, es bleibt dort.«

Nachdenklich betrachtete ich die Heimliche Kaiserin.

»Die Nachtschatten sind es, die die Menschen herzlos machen.« Die Kaiserin seufzte. »Und die Nachtschatten sind es, die alles Leben im Reich Hinter der Morgenröte vernichten, es mit ihren Schatten erdolchen.«

»Aber wo kommen sie eigentlich her? So lange ich zurückdenken kann, gab es die Nachtschatten im Reich Hinter der Morgenröte«, sagte Jonte, ging hinaus auf den Balkon und sah hinüber zum Finsterwald.

»Sicher«, die Heimliche Kaiserin nickte. »Der Finsterwald, die Nachtschattenvögel, das alles gehört zum Reich Hinter der Morgenröte, wie ein jedes Licht auch einen Schatten wirft. Aber seit Atieno ihr Anführer ist, kann nichts und niemand sie mehr im Zaum halten. Er hat Blut geleckt, will die Herrschaft über das gesamte Reich und damit die Macht über die Herzen der Menschen an sich reißen.«

»Wie schrecklich«, flüsterte ich.

»Aber kann denn nicht einmal eine Kaiserin ihn stoppen?«, rief Jonte vom Balkon. »Ich meine, du solltest sie alle gefangen nehmen lassen von deiner Armee und ein Gesetz gegen das Ausbreiten der Nachtschatten erlassen.«

»Welche Armee?«, fragte die Kaiserin verblüfft.

»Ich weiß«, sagte Jonte und ließ die Schultern hängen.

»Ich habe hier bei uns noch nie einen Soldaten gesehen. Aber hast du nicht wenigstens eine Freiwilligenarmee? Soldaten, die du im Notfall zusammenrufen kannst und die für dich in die Schlacht ziehen?« Jonte klang beinahe enttäuscht.

»Das Geheimnis der Herrschaft des Reiches Hinter der Morgenröte liegt darin, nicht zu herrschen.« Die Heimliche Kaiserin lächelte Jonte wissend an.

»Entschuldige, Kaiserin«, wandte ich ein. »Aber wenn wir nichts tun und einfach nur zusehen, wie Atieno und seine Nachtschattenvögel immer mächtiger werden, dann werden sie eines Tages das ganze Reich Hinter der Morgenröte vernichtet haben.«

»Und damit wären die Herzen der Menschen auf der Erde für immer und hoffnungslos verdorrt«, seufzte die Kaiserin.

»Elin hat recht«, rief Jonte vom Balkon. »Irgendetwas muss geschehen. Gibt es denn gar keine Möglichkeit, die Nachtschattenvögel aufzuhalten?«

»Sicher«, die Heimliche Kaiserin schnippte mit der Hand und im Spiegel klärte sich das Bild. Inmitten einer Wildnis lag ein Brunnen und tief in diesem Brunnen schimmerte ein Schwert.

Das Schwert der Träume

»Das«, sagte die Heimliche Kaiserin, »das ist das Schwert der Träume. Es liegt am Grunde des Trugbrunnens. Mithilfe dieses Schwertes könnte man Atieno und seine Nachtschattenvögel bekämpfen.«

Jonte kam zurück in den Turmsaal und lauschte interessiert den Worten der Heimlichen Kaiserin. »Warum hat das nicht längst jemand versucht?«, fragte er.

»Oh, es haben schon sehr, sehr viele versucht. Eine Tücke und gleichzeitig ein Segen des Schwertes ist seine Unsichtbarkeit. Im Wasser des Trugbrunnens kann ein jeder das Schwert sehen. Doch sobald es das Wasser verlässt, sieht es nur noch der Schwertträger. Niemand sonst. Aber dafür muss man es erst einmal aus dem Trugbrunnen gehoben haben. Was nicht so einfach ist, wie du dir vielleicht vorstellen kannst. Zudem ist der Weg zu Atieno voller Gefahren.«

Die Heimliche Kaiserin machte eine Handbewegung

und ein neues Bild klarte sich auf. Es zeigte eine Stelle inmitten eines düsteren Waldes. Der Sturmwind rauschte in den Baumkronen. Ein Mann kämpfte sich durchs Unterholz, rutschte einen moosbedeckten Abhang hinab und rappelte sich wieder auf. Angst lag auf seinem Gesicht, als er sich zu allen Seiten umsah. Er trug irgendetwas in ein Bündel eingewickelt auf seinem Rücken, als plötzlich ein Nachtschattenvogel auf ihn herabschoss.

Bevor der riesige Vogel den Mann erdolchte, erlosch das Bild im Spiegel.

Entsetzt schlug ich die Hände vors Gesicht. Heiße Tränen schossen mir in die Augen.

»Es ist gut, Kind«, sagte die Heimliche Kaiserin und legte mir eine Hand auf die Schulter. »Alles ist gut. Nur will ich euch warnen.«

»Was muss man denn tun, um das Schwert zu heben?«, fragte Jonte. Seine Hände waren zu Fäusten geballt und sein zorniger Blick auf den nun wieder milchig trüben Spiegel machte mir Angst.

»Man darf sich von dem, was man im Trugbrunnen sieht, nicht abschrecken lassen. Wenn man Angst zeigt, hat man verloren. Man muss sich voll und ganz auf das Schwert konzentrieren. Das ist alles. Nach Hebung dieses Schwertes hat man genau sieben mal sieben Stunden Zeit, das Schwert für sich zu nutzen und wieder zurückzubringen. Sollte das Schwert der Träume aber nicht vor Ablauf der sieben mal sieben Stunden zurück im Wasser des Trugbrunnens sein, wird der Schwertheber sterben.«

»Hörst du? Das ist ziemlich gefährlich, Jonte«, flüsterte ich, denn die Entschlossenheit in Jontes Blick beunruhigte mich.

»Ja, wahrlich. Das ist es.« Die Heimliche Kaiserin nickte.

»Und dann?«, fragte Jonte, als hätte er uns nicht gehört. »Was dann? Wenn ich das Schwert gehoben habe und mich durch den Finsterwald zu Atieno vorgekämpft habe, was dann?«

»Jonte, du willst doch nicht wirklich …«, rief ich erschrocken.

»Der Auftrag ist: Fälle mithilfe des Schwertes der Träume den ersten aller Finsterwaldbäume. Seinem Wurzelwerk erwachsen alle neuen Finsterwaldbäume, dessen Baumkronen die todbringenden Nachtschattenvögel entschlüpfen.« Die Heimliche Kaiserin lächelte Jonte geheimnisvoll an.

»Das kannst du nicht machen, Jonte. Hörst du mich?«, schrie ich außer mir, doch Jonte reagierte nicht.

»Und wo finde ich den ersten aller Finsterwaldbäume, Kaiserin?«, fragte er stattdessen.

»Das, lieber Jonte …«, sagte die Heimliche Kaiserin und schritt durch den Turmsaal hinaus auf den Balkon. Lange ruhte ihr Blick auf dem Finsterwald. »… das ist schwer zu sagen, da stündlich neue Finsterwaldbäume aus dem Boden schießen. Diese Bäume ziehen einen immer engeren Kreis um Atieno und sein Haus ohne Aussicht, denn so nennt sich der hohle Baumstamm.«

»Hörst du, Jonte?«, sagte ich erleichtert. »Niemand weiß, wo sich dieses Haus befindet. Dann wirst auch du es nicht finden.«

»Nein, Elin. Das ist nicht ganz richtig«, warf die Heimliche Kaiserin ein. »Es heißt, dass der Schwertträger der Einzige ist, der den ersten aller Finsterwaldbäume finden kann. Aber lasst euch dazu noch sagen, dass man mit dem Schwert nur einen einzigen Hieb hat. Einen Fehler kann man sich nicht erlauben, sonst löscht man sein eigenes Leben aus.«

»Und ich werde den ersten aller Finsterwaldbäume finden«, sagte Jonte entschlossen. »So oft war ich schon hier und wollte dich das alles fragen, aber nie hast du mir geantwortet, Kaiserin. Immer saßt du, so wie vorhin, als weißer Pfau auf der Balkonbrüstung und hast geschwiegen.« Er faltete die ausgebreitete Karte auf dem Schreibtisch zusammen und stopfte sie sich in den hinteren Hosenbund.

»Was hast du vor, Jonte?«, rief ich und blickte die Heimliche Kaiserin flehend an. »Kaiserin, bitte …«

Doch als ich mich zur Heimlichen Kaiserin herumdrehte, war sie verschwunden. Einzig der weiße Pfau saß auf der Brüstung des Balkons.

Warten auf die Nacht

Ich sah Jonte hinterher, der die schmale Treppe des Turms hinabstieg. Er schien zu allem bereit und huschte beinahe lautlos über die zersprungenen Steine.

»Jonte, warte auf mich«, rief ich und stürzte einige Treppenstufen hinunter. Das raue Gemäuer schürfte erneut meine Handflächen auf und ich konnte mich nur mit Mühe wieder fangen.

Am Fuße der Treppe, dort, wo tief stehendes Sonnenlicht durch das kleine Fensterloch im Gemäuer hereinfiel, holte ich ihn ein. Er stand lauschend an der Tür und legte einen Finger auf den Mund. »Psst«, machte er.

Erst jetzt hörte ich das laute Scharren am Eingang.

»Ist das ein Nachtschattenvogel?«, wisperte ich ängstlich und kauerte mich in eine Ecke des Mauerwerks, das kühl vor Feuchtigkeit war und nach frischem Moos roch.

Ein leises Schnauben drang von draußen herein und Jonte riss die Tür weit auf.

»Sternenwind«, flüsterte er überrascht, als hätte er ihn schon fast vergessen gehabt.

»Jonte?« Ich trat hinaus ins Sonnenlicht, das mich blendete. Noch traute ich der Wärme nicht. Die eisige Kälte der Nachtschatten saß tief unter meiner Haut und ließ mich weiterhin frösteln. »Was hast du vor?«, fragte ich und meine Augen gewöhnten sich an das Licht. Ich pflückte ein Vergissmeinnicht, das zwischen den zersprungenen Steinen hervorwuchs.

Jonte hielt Sternenwind am Halfter, als hätte er Angst, dass er wieder weglaufen könnte. »Wir suchen uns erst einmal einen sicheren Platz, um auf die Nacht zu warten.«

»Auf die Nacht?« Ich stand verwundert auf, klopfte mir Sand und Staub aus der Kleidung und befestigte das Vergissmeinnicht in Sternenwinds Halfter.

Jontes wachsamer Blick suchte den Himmel ab. »In der Nacht sind ihre Augen blind.«

Mir wurde schlagartig klar, dass nicht nur Jonte, sondern auch Mats in der vergangenen Nacht die Nachtschattenvögel damit gemeint hatte. Sie waren es, deren Augen in der Nacht blind waren.

»Es dämmert bald und dann wird es noch einmal eine Stunde dauern, bis die Nacht finster genug ist, um uns zu beschützen.« Jonte zog Sternenwind über die Wiese zurück in den Wald hinein und gab mir ein Zeichen, ihnen zu folgen.

Es war kühl zwischen den Bäumen, als hinge der Frost eines langen Winters noch immer in der Luft. Jonte führte Sternenwind am Wildbach vorbei tiefer in den Wald hinein, bis zu einer Stelle, an der Haselsträucher und Holunderbüsche uns ein schützendes Dach bis zum Einbruch der Nacht bieten würden. Dieses Mal band er Sternenwind an einem Baum fest und zog uns dann einen entwurzelten Baumstumpf unter das Gebüsch.

»Hier sollten wir sicher sein, bis die Nacht schwarz genug ist.« Noch immer sprach Jonte mit gedämpfter Stimme. Er holte die Landkarte hervor und faltete sie auseinander. »Das ist der Finsterwald«, meinte er und tippte auf eine große Waldfläche links oben auf der Karte. Doch schienen die Bäume nicht stillzustehen. Es war gerade so, als würde jeder neue Baum, der aus dem Boden schoss, wie von Zauberhand auf der Karte eingezeichnet werden. Demnach breitete der Finsterwald sich in atemberaubender Geschwindigkeit aus. Mit jeder Minute fraß er sich tiefer und tiefer in die Feensümpfe im Süden und das Oedland im Norden.

Jontes Finger fuhr auf der Karte den Wildbach entlang, fort vom Silberturm, durch den kleinen Wald, hinaus in ein großes Wildland. »Das ist das Oedland und sieh hier …« Seine Fingerspitze ruhte unter dem Bild eines Brunnen. Darunter stand in geschwungener Schrift *Trugbrunnen*.

»Du willst es also wirklich wagen?« Ein kühler Windhauch fegte zwischen den Sträuchern hindurch und trieb mir einen Schauer über den Rücken. Oder war es Jontes zu allem entschlossener Blick?

Er sagte nichts. Das musste er auch nicht. Stattdessen kramte er in seinen Taschen und reichte mir einen Apfel.

Hungrig biss ich hinein. »Aber was wird aus Mats, Jonte?«

»Du verstehst nicht, Elin. Die Menschen hier im Reich Hinter der Morgenröte haben große Angst vor Atieno und seinen Nachtschattenvögeln. Große, große Angst. Sie verkriechen sich in ihren Häusern und müssen zusehen, wie einer nach dem anderen ein Opfer Atienos wird. Das kann so nicht weitergehen. Mats wird auf uns warten. Zwei Tage, vielleicht drei. Er wird sich Sorgen machen, sicher. Vielleicht wird er denken, dass Atieno uns erwischt hat. Oder er wird hoffen, dass wir uns in Sicherheit bringen konnten. Wenn wir aber zurückkehren, wird er wissen, warum wir gehen mussten. Er würde das Gleiche tun, wenn …« Jonte stockte, denn ich zupfte an seinem Ärmel.

»Die Ratte – da ist sie wieder.« Ich deutete auf das dornige Gestrüpp unter dem Holunderbusch. Und dieses Mal sah Jonte sie auch.

»Seltsam«, fand er und stand vorsichtig auf, um das Tier näher zu betrachten. Doch als Jonte sich ihm näherte, huschte es tiefer ins Dickicht und war verschwunden. Noch eine ganze Weile durchsuchte Jonte den dicht bewachsenen Waldboden, doch die eigenartige Ratte blieb verschwunden.

»So ein Tier habe ich hier noch nie zuvor gesehen«, meinte Jonte schließlich und gab die Suche auf. Er zog die Karte zurück auf seinen Schoß und fuhr mit dem Finger leise murmelnd noch einmal den Weg am Wildbach entlang ins Oedland und zum Trugbrunnen, als wolle er sich die Strecke für immer ins Gedächtnis schreiben.

Oedland

Als die letzten Sonnenstrahlen hinter den Bäumen versunken waren, führte Jonte Sternenwind auf eine kleine Lichtung, damit er dort grasen und sich für die Nacht stärken konnte.

Ich hockte auf einem Baumstumpf und hielt abwechselnd nach der scheußlichen Ratte und den Nachtschattenvögeln Ausschau. Und obwohl es ruhig blieb, ließ Jonte Sternenwind nicht los.

Wir tranken Wasser aus dem Wildbach, und dann endlich wurde es dunkel. Langsam legte sich die Finsternis über die Baumkronen wie ein aufgespannter, schützender Schirm.

Jonte lenkte Sternenwind entlang des Wildbachs durch den Wald. Als wir nach einer ganzen Weile den Schutz der Bäume hinter uns gelassen hatten, stand der Mond hell leuchtend am Himmel und tauchte die Wiesen und Felder vor uns in blasses Licht.

Wir durchzogen eine große Wildnis mit endlosen Weiten und kleinen Tümpeln, in denen sich das Mondlicht glitzernd spiegelte. Hin und wieder sahen wir einen zarten Schimmer in einem der einsamen Häuser. Doch je weiter wir ins Oedland hineinzogen, desto verlassener wurde die Gegend. In der Ferne hörte ich Wölfe heulen, als ich ein lautes Rascheln hinter uns bemerkte.

»Jonte, da ist noch jemand«, flüsterte ich und klammerte mich an ihm fest.

»Wer soll hier denn sein?«, fragte Jonte mit sorgloser Stimme. »Sind wir nicht schon seit Stunden niemandem mehr begegnet?«

»Ich weiß nicht, wer es ist, aber ich hab etwas gehört.«

»Das war vielleicht ein Tier«, beruhigte Jonte mich. »Ein Fuchs oder ein Hase.«

Immer weiter folgte Sternenwind dem Lauf des Wildbachs, der sich leise plätschernd durch die Wiesen schlängelte. Irgendwann muss ich von dem sanften Schaukeln auf Sternenwinds Rücken eingeschlafen sein.

»Elin, wach auf, wir sind da.« Lautlos rutschte Jonte von Sternenwinds Rücken und band ihn an einem Ginsterbusch fest.

Ich rieb meine müden, verschlafenen Augen und versuchte zu erkennen, wo wir waren.

Um uns herum erstreckte sich noch immer Wildnis.

Nichts als Wiesen, Gebüsch und hier und da kleine Tümpel. Dann bemerkte ich neben Jonte den Brunnen.

»Ist das der Trugbrunnen?«, fragte ich und war plötzlich hellwach. Ich ließ mich vorsichtig von Sternenwinds Rücken gleiten und beugte mich über den steinernen Brunnenrand. Kleine schwarze Äste schwammen im Wasser, das nicht sehr tief zu sein schien. Und am Grund des Brunnens konnte man tatsächlich ein Schwert silbrig schimmern sehen. Als Jonte seine Hand ins Brunnenwasser tauchte, schwammen die dunklen Äste direkt auf ihn zu.

Erschrocken wich ich zurück. »Igitt, Jonte. Was ist denn das?«

»Schlangen, glaube ich«, presste Jonte hervor und begutachtete seine Hand, die er blitzschnell aus dem Wasser gezogen hatte.

»Los, lass uns von hier verschwinden«, bettelte ich und schob Jonte zurück zu Sternenwind. Immer wieder drehte ich mich herum, um sicherzugehen, dass die Schlangen den Brunnen nicht verließen.

Doch plötzlich riss Jonte sich los und sprang mit einem Satz zurück zum Brunnenrand. »Denk an die Worte der Heimlichen Kaiserin, Elin. Du darfst dich von dem, was du im Brunnen siehst, nicht ablenken lassen. Und du darfst keine Angst zeigen.«

»Unsinn«, fauchte ich und versuchte Jonte vom Brunnen zurückzuziehen. »Sag mir einen, der keine Angst vor den Schlangen haben würde.«

Jonte nickte. »Eben, das ist der ganze Trick. Diese Schlangen sind sicher nur zum Schutz des Schwertes ins Brunnenwasser gesetzt worden. Aber sie werden uns nichts tun. Jede Wette.«

»Was wir nicht ausprobieren werden«, rief ich warnend, als ich sah, wie Jonte erneut seinen Ärmel hochkrempelte.

»Und ob ich das tun werde. Glaubst du, ich bin durch die halbe Nacht gereist, um aus Angst vor ein paar Schlangen aufzugeben?« Er beugte sich über das Brunnenwasser und betrachtete abschätzend die lautlos durchs Wasser ziehenden Tiere. Dann blickte er auf seine Armbanduhr. »Es ist jetzt sieben Minuten nach Mitternacht. Das bedeutet …« Jonte dachte nach. »Sieben mal sieben Stunden sind 49 Stunden und damit genau zwei Tage und eine Stunde. In zwei Tagen um sieben Minuten nach eins in der Nacht muss das Schwert zurück sein.«

»Du hast die Kaiserin doch gehört, Jonte. Du könntest sterben bei dem Versuch, das Schwert zu heben.« Tränen schossen mir in die Augen, als ich merkte, dass ich ihn nicht aufhalten konnte.

»Nur, wenn ich Angst zeige – was ich nicht tun werde, Elin«, versprach Jonte und tauchte seine Hand entschlossen ins Brunnenwasser.

Der volle Mond schien auf die glatte Wasseroberfläche und ließ die Wasserschlangen dunkel schimmern. Als hätten sie ihn gerochen, schossen alle Tiere gleichzeitig auf Jonte zu und umkreisten seine Hand. »Wo ist das Schwert, Elin?«, rief Jonte, dessen rechte Hand tiefer und tiefer ins Brunnenwasser eintauchte.

Mir war schlecht vor Angst, als ich sah, wie die Schlangen den Kreis um Jontes Hand immer enger zusammenzogen. »Es ist weiter in der Mitte«, sagte ich, doch es klang eher wie ein Krächzen.

»Wo denn, Elin? Ich kann's nicht finden!«, rief Jonte aufgebracht.

Ich sah Schweißperlen auf seiner Stirn schimmern. Jonte riskierte gerade seinen rechten Arm und ich? Ich war wie gelähmt, konnte ihm noch nicht einmal helfen. Die Wut auf mich selbst ließ die Angst verfliegen. Plötzlich wusste ich, was ich zu tun hatte. Ich schob den Ärmel des Pullovers hoch und tauchte mit meiner Hand blitzschnell in das Brunnenwasser und griff nach dem Schwert, bevor die Schlangen mir die Sicht versperren konnten.

»Elin. Nicht. Was tust du denn? Nimm deinen Arm aus dem Wasser. Es reicht doch, wenn sie einen von uns erwischen«, schrie Jonte außer sich. Doch es war zu spät. Schon zog ich das silbern schimmernde Schwert aus dem Brunnen. Die Schlangen hielten Jontes Hand noch immer umzingelt und hatten meine Hand im Wasser gar nicht bemerkt. Auch Jonte suchte noch immer auf dem Brunnenboden nach dem Schwert. Zu spät fiel mir ein, dass er das Schwert in meinen Händen nicht sehen konnte.

Doch dann geschah alles so schnell, dass ich ihn nicht warnen konnte.

Zuerst sah ich die Ratte. Sie hockte am Brunnenrand und blickte mich mit ihren schwarzen Knopfaugen durchdringend an.

Gleichzeitig schwoll ein Flügelschlagen aus der Ferne an, wurde lauter und lauter und kam direkt auf uns zu. Als Jonte den ersten Nachtschattenvogel am nächtlichen Himmel erspähte, zuckte er vor Furcht zusammen und schrie Sekunden später vor Schmerz laut auf. Eine Schlange hatte ihn gebissen. Ihre Giftzähne bohrten sich tief in seine rechte Hand. Er zog die Hand aus dem Brunnen und versuchte panisch, die Schlange abzuschütteln, die einen Moment später im hohen Bogen durch die Luft flog und in der sumpfigen Wiese hinter dem Trugbrunnen landete. Mit einem Zischen schlängelte sie durch das hohe Gras davon.

Ich wusste nicht, was ich zuerst tun sollte. Jonte lag vor Schmerzen wimmernd auf dem Boden und Sternenwind wieherte laut und versuchte sich loszureißen. In diesem Moment wünschte ich mir nichts sehnlicher als Jontes Mut. Aber ich war nicht Jonte. Ich war Elin. Elin mit dem Silberschwert in der Hand.

Das Schwert war nicht sehr lang und ich schob es durch eine meiner Gürtelschlaufen. Dann beugte ich mich zu Jonte hinab, der sich vor Schmerzen auf dem Boden wand. Ich fasste ihn unter den Armen und zog ihn hinüber zu einem Ginsterbusch, bevor die Nachtschattenvögel uns erreichen konnten. Mit einer Hand klopfte ich Sternenwind beruhigend die Seite und mit der anderen Hand hielt ich Jontes rechten Arm hoch, der merklich anschwoll, damit sein Blut nicht so schnell das Schlangengift durch seinen Körper tragen konnte. Das hoffte ich zumindest.

Dann wurde es finster. Der volle Mond verblasste und wieder zogen eisige Nebel aus den Sümpfen auf. Die Nachtschattenvögel umkreisten den Trugbrunnen und ich spähte vorsichtig durchs Gebüsch. Alles Leben schien zu erstarren, selbst Sternenwind wirkte, als würde er die Luft anhalten. Um mich herum spürte ich nur die eisige Luft, klirrend kalt und von Furcht durchtränkt.

Die alte Mola

Ich weiß nicht, wie lange wir unter dem Ginsterbusch ausgeharrt haben. Eine Stunde vielleicht, vielleicht auch nur wenige Minuten. *Das Geheimnisvolle mit der Zeit ist, dass sie nie gleich schnell vergeht. Manchmal kann eine Minute unendlich lang sein, quälend lang. Sie kann dir vorkommen wie ein ganzes Jahr. Und manchmal kann eine Minute dir auch kurz wie ein Flügelschlag erscheinen. Sie kann so schnell vergehen, wie eine Seifenblase zerplatzt,* würde Jonte später sagen. Viel, viel später.

Als die Nachtschattenvögel weiterzogen, sank ich erleichtert zu Boden. Und auch Sternenwind legte sich erschöpft auf den sumpfigen Boden.

»Sind sie weg?«, flüsterte Jonte neben mir mit schwacher Stimme.

»Ja, ich glaub schon.« Noch immer hielt ich Jontes Arm hoch und seine Hand fühlte sich eiskalt an. Aber wenigstens wimmerte er nicht mehr so sehr.

»Elin, ich glaub, ich schaff's nicht«, wisperte Jonte und kippte zur Seite.

Der Schreck schoss mir wie ein Stromstoß durch den Körper, als ich den bewusstlosen Jonte schüttelte und immerzu rief: »Jonte, wach auf, hörst du? Wach auf, Jonte!« Doch er rührte sich nicht. Ich versuchte, ihn zu tragen, so wie er mich in der vergangenen Nacht über den Friedhof getragen hatte, aber er war zu schwer. So zog und zerrte ich ihn auf Sternenwinds Rücken.

»Okay, Sternenwind. Ich weiß nicht, wie man mit einem Pferd redet. Ich weiß auch nicht, wie man ein Pferd führt, aber wir brauchen Hilfe. So schnell wie möglich. Wenn du irgendwas von dem verstanden hast, was ich dir gesagt habe, dann steh jetzt bitte auf und bring uns irgendwohin, wo man Jontes Leben rettet. Bitte!«, flehte ich und heiße Tränen rannen über meine noch immer eiskalten Wangen. Ich tätschelte hoffnungsvoll Sternenwinds weiße sternförmige Blesse, die im Mondlicht glänzte. Und dann geschah das Unfassbare: Sternenwind erhob sich. Langsam und vorsichtig, sodass Jonte nicht von seinem Rücken fiel.

Ungläubig sah ich ihm dabei zu, band ihn dann vom Ginsterbusch los und kletterte über den Brunnenrand auf seinen Rücken. Ich setzte mich hinter den bewusstlosen Jonte, der schlaff über Sternenwinds Rücken hing, und ergriff die Zügel, um mich selbst an irgendetwas festzuhalten.

Während Sternenwind über die Wiesen und Felder lief, rannen mir immerfort Tränen übers Gesicht. Tränen um meinen neuen und einzigen Freund Jonte. Immer wieder legte ich mein Ohr an seinen Rücken, um sicherzugehen, dass sein Herz noch schlug.

Irgendwann sah ich in der Ferne ein blasses Licht flackern, ähnlich dem einer Laterne. Sternenwind steuerte geradewegs darauf zu und ich erkannte im Näherkommen ein einsames, kleines Haus.

Noch immer hielt ich Jontes rechte Hand und ich fühlte

nahezu den Schmerz, der durch seinen Körper zog. Das Schlangengift pulsierte in seinen Adern und kämpfte gegen seine Wärme, gegen sein junges Leben.

Minuten später hielten wir vor dem Häuschen und ich sprang mit einem Satz von Sternenwinds Rücken und klopfte laut gegen die Tür.

»Hallo? Ist hier jemand? Wir benötigen dringend Hilfe«, rief ich verzweifelt. Doch alles blieb still. Ich spähte durch das Fenster in eine kleine Wohnstube hinein, in der ein offenes Kaminfeuer brannte. Es musste jemand zu Hause sein. Also lief ich wieder zur Tür und klopfte nun noch lauter, als ich endlich von innen schlurfende Schritte vernahm.

»Bitte, geht das vielleicht ein bisschen schneller? Mein Freund stirbt sonst«, flehte ich wen auch immer im Inneren des Hauses an, sich zu beeilen.

Ein Schlüssel wurde im Schloss herumgedreht und dann öffnete sich endlich die Tür.

Doch zu meiner maßlosen Enttäuschung stand eine alte, sehr, sehr alte Frau vor mir und sah mich aus fast blinden Augen an. »Kind?«, fragte sie mit zittriger Stimme und betastete zuerst meine Hände und dann mein Gesicht. »Was tust du denn hier draußen mitten in der Nacht?«

»Mein Freund Jonte ist von einer Schlange im Trugbrunnen gebissen worden. Er stirbt, wenn ihm keiner hilft«, flüsterte ich schluchzend, denn wie sollte diese alte Frau uns helfen können?

»Dann werden wir uns zuerst um deinen Freund kümmern«, hörte ich wie durch einen Schleier hindurch die alte Frau sagen, die an mir vorbei ins Freie getreten war. »Komm, Elin. Hilf mir, deinen Freund ins Haus zu tragen.«

Erst später fiel mir auf, dass die alte Frau mich bei meinem Namen genannt hatte. Viel später.

Wir zogen den immer noch bewusstlosen Jonte von Sternenwinds Rücken und schleppten ihn ins Haus. Die alte Frau dirigierte mich bis in ein kleines Schlafzimmer, in dem wir Jonte auf ein schmales Bett legten.

»Das ist mein Freund Jonte und er ist hier, an der rechten Hand, von einer der schwarzen Schlangen im Trugbrunnen gebissen worden.«

Da die alte Frau nicht sehen konnte, legte ich ihr Jontes rechte Hand in den Schoß. Sie betastete die feuerrote und geschwollene Hand, nickte ein paarmal, seufzte kurz und stand dann unvermittelt auf.

»Mein Name ist Mola und ich werde mich um deinen Freund kümmern.«

Die alte Mola ging zu einem Bord am Kopfende des Bettes und suchte einige mit Kräutern gefüllte Gläser heraus. Dann schob sie mich hinaus in die Wohnstube, in der auch die winzige Küche war, und ließ Wasser in einen großen Kessel laufen. Sie drehte sich nicht zu mir herum, als sie sagte: »Du aber wirst nun euer Pferd in den Stall neben dem Haus führen, es ordentlich abreiben und ihm genügend Wasser und Heu für die Nacht geben. Und nimm die Laterne mit.«

Als ich vor die Haustür trat, kühlte die mondklare Nachtluft mein tränennasses Gesicht. Ich sah Sterne am nächtlichen Himmel funkeln und alles schien so friedlich. Das Schwert der Träume steckte in meiner Gürtelschlaufe und ich war sicher, dass Mola es nicht bemerkt hatte. Genau wie von der Kaiserin vorausgesagt.

Sternenwind graste vor dem Haus und als ich ihn rief, folgte er mir tatsächlich zum Stall. Eigentlich war es nur ein winziger Raum neben dem Haus. Als ich die kleine Brettertür zu dem Verschlag öffnete, dachte ich für einen Moment, ich hätte das alles schon einmal irgendwo gesehen. Dieser Stall, die grün gestrichene Brettertür, von der die Farbe abblätterte.

Der Raum war mit Stroh ausgelegt und Sternenwind ging direkt zu einer steinernen Tränke. Ich nahm ein wenig Stroh und begann, sein Fell abzureiben. Er fraß gierig von dem Heu, das neben der Tränke lag.

»Danke, Sternenwind. Danke für alles. Auch wenn du mich nicht verstehst. Danke. Hoffentlich kann die alte Mola Jonte wirklich helfen«, sprach ich mit Sternenwind, doch eigentlich sprach ich mit mir selbst.

Dann sah ich sie. Sie hockte in der offenen Stalltür und fixierte mich mit ihrem Blick.

Schlangenhaut

Ich zog die Stalltür hinter mir zu und leuchtete mit der Laterne in jeden Winkel, doch die Ratte war wieder einmal wie vom Erdboden verschluckt.

Seltsam, dachte ich und war froh, dass Jonte dieses sonderbare Tier vorhin auch gesehen hatte. Sonst hätte ich mich jetzt gefragt, ob es vielleicht nur in meiner Fantasie existierte.

Als ich zurück in Molas Haus trat, saß sie am Küchentisch und rührte eine Paste aus fremdartig riechenden Kräutern an.

»Wie geht es ihm?«, fragte ich und wollte schon zu Jonte gehen, als Mola mich zurückhielt und auf einen der Stühle deutete.

»Lass ihn schlafen, Kind. Lass ihn noch einen Augenblick.« Mola nahm einen Stapel Leinentücher aus dem Wandschrank und riss sie in Streifen. »Dein Freund ist nicht von irgendwelchen Schlangen gebissen worden, musst du wissen. Die Schlange, die Jonte erwischt hat, hat ihn durch ihr Gift mit einem Fluch belegt.« Mola blickte mit ernstem Gesicht in meine Richtung. Ob ihre Augen mich sehen konnten, wusste ich nicht. »Ich gebe mir alle Mühe, seinen Arm zu retten, aber das Gift könnte ihn dauerhaft lähmen.«

Mit einem Satz sprang ich auf, sodass der Stuhl krachend zu Boden fiel. Ich stürmte durch den kleinen Flur, um nach meinem Freund Jonte zu sehen.

Als ich die Tür öffnete, hielt ich die Luft an. Mola hatte Jontes Arm in Leinentücher eingewickelt und auf dem Nachtschränkchen stand eine Kerze unter einer Schale, in der eine übel riechende Flüssigkeit verdampfte. Noch immer lag Jonte wie in tiefer Ohnmacht und hörte mich nicht.

»Es ist gut, dass er schläft«, sagte Mola, die leise hinter mir ins Zimmer getreten war und sich zu Jonte auf die Bettkante setzte. »Jede Minute, die er von dem Schmerz nichts spürt, ist eine gewonnene Minute.«

Mola schlug die Tücher zur Seite und ich erschrak. Die Haut an Jontes Arm sah aus wie verbrannt, von tiefen Furchen durchzogen.

»Mola? Was geschieht mit ihm?«, flüsterte ich und kniete mich vor das Bett. Beim Anblick des furchtbar zugerichteten Arms meines Freundes musste ich weinen.

»Der Arm wird sich mehr und mehr in eine Schlangenhaut verwandeln. Wie gesagt, das ist der Fluch der Trugbrunnenschlangen und nicht das Gift. Gegen das Gift sind Kräuter gewachsen und wir können nur hoffen, dass es früh genug war. Dann kann ich seinen Arm retten, jedenfalls erhalten. Aber gegen die Verwandlung in Schlangenhaut gibt es leider kein Kraut. Dagegen hilft nur eins …« Mola tupfte Jonte die Schweißperlen von der fiebrigen Stirn.

»Was, Mola? Was hilft gegen den Fluch der Trugbrunnenschlangen?«

»Das ist jetzt nicht so wichtig. Zunächst müssen wir ihn und seinen Arm retten, nicht wahr?« Mola sah mich an und doch auch nicht. Ihre Augen waren milchig trüb und ich war der festen Überzeugung, dass sie blind war. Dennoch rieb sie Jontes Arm geschickt und ohne eine einzige Stelle auszulassen mit der dunkelgrünen Kräuterpaste ein, die sie soeben angerührt hatte. Dann wickelte sie seinen Arm in frische Leinentücher, nahm die Schale mit der heißen Tinktur vom Nachtschränkchen und träufelte diese auf die weißen Tücher.

»Was ist das?«, fragte ich und glaubte, bei dem beißenden Geruch würgen zu müssen.

»Das ist gewöhnliche Schwarzwurzel, gemischt mit Schlangengras, Ruprechtskraut, Myrrhe, gemeinem Erdrauch und kleiner Bibernelle aufgelöst in Molchurin«, sagte Mola und stellte die Schale zurück in die Halterung über der brennenden Kerze. Dann lächelte sie in meine Richtung und meinte: »Die Natur ist angefüllt mit verborgenen Weisheiten. Sie hat gegen jedes menschliche Leiden ein Mittel. Wir müssen ihre Gaben nur anzuwenden wissen. Darin liegt die Weisheit der Menschen.« Mola stand auf und sagte: »Komm, Kind. Du musst dich nun auch ausruhen.«

Doch ich schüttelte heftig den Kopf. Ich sollte Jonte allein lassen? Niemals. »Nein, Mola«, protestierte ich. »Ich will bei ihm bleiben.«

»Also schön.« Mola deutete auf einen alten Sessel in der Ecke des Raumes. »Aber versprich mir, dass du ein bisschen schläfst.«

Und tatsächlich fiel ich in einen unruhigen Schlaf, sobald ich mich in dem Sessel eingerollt hatte. Ich träumte von nackten Ratten, schwarz schimmernden Schlangen und dem Schwert der Träume.

Einmal schreckte ich aus einem Traum hoch und tastete unter dem Sessel nach dem Schwert, das ich dort versteckt hatte. Das Schwert schimmerte silbern im Mondlicht, das hell ins Zimmer schien. Ich überlegte, ob ich es auf der Stelle zurückbringen sollte. Aber wie Jonte ausgerechnet hatte, war dafür noch genügend Zeit und der Weg von Molas Haus zum Trugbrunnen war nicht weit.

Auf dem Bett wälzte sich der noch immer fiebernde Jonte unruhig hin und her und stöhnte leise.

Wann immer ich kurz aufwachte, sah ich Mola, die in der Nacht mehrmals den Verband erneuerte und den Schweiß von Jontes Stirn tupfte.

»Haaa!«

Jontes lauter Schrei weckte mich auf. Es musste inzwischen Morgen geworden sein, denn helles Sonnenlicht fiel ins Zimmer und schien Jonte ins Gesicht.

»Jonte, du bist aufgewacht«, rief ich und konnte es nicht glauben, meinen Freund wach auf der Bettkante sitzen zu sehen. Doch er wirkte wie erstarrt.

Ich rieb mir den Schlaf aus den Augen und dann sah ich es.

»Jonte …«, flüsterte ich entsetzt.

Es war Jontes Arm, der mich so erschreckte. Er hatte die Leinentücher zurückgeschlagen – und es war ein gruseliger Anblick. Jontes rechter Arm war von schwarzer, schuppiger Schlangenhaut überzogen. Die vier Finger seiner Hand schienen zusammengewachsen zu sein und sahen aus wie ein Schlangenkopf. Der Daumen stand quer unterhalb des Schlangenkopfes, wie der Unterkiefer einer Schlange.

»Ha«, schrie Jonte erneut und das Grauen stand ihm ins

Gesicht geschrieben. Er zog und zerrte an der schuppigen Haut, schüttelte seinen Arm und tobte aufgebracht durch die Kammer.

»Ah, ich höre, der Patient ist wohlauf«, rief die alte Mola fröhlich von der Zimmertür aus. Sie balancierte ein kleines Tablett mit heißem Tee und Haferbrei vor sich her und stellte es auf dem Nachtschränkchen ab.

»Wohlauf?«, fragte Jonte fassungslos. Doch er setzte sich zurück aufs Bett und betrachtete neugierig die alte Mola. »Du hast mich letzte Nacht behandelt, stimmt's?« Er hielt Mola seinen Schlangenarm entgegen.

Mola ließ sich auf der Bettkante nieder und betastete in aller Ruhe Jontes rechten Arm. »Hmmhm«, machte sie nach einer Weile. »Ja, du bist wohlauf.« Sie lächelte geheimnisvoll und strich Jonte beruhigend über die Wange. »Dein Arm ist warm und das Blut pulsiert wieder kraftvoll durch deine Adern. Das hast du deiner Freundin Elin zu verdanken. Ich nehme an, dass du dich nicht daran erinnern kannst, wie du hierhergekommen bist?«, fragte sie und stand auf. Sie reichte mir eine Schale Haferbrei mit Honig. »Iss, mein Kind. Iss. Du musst hungrig sein.«

Und wie, dachte ich, und begann den Haferbrei zu löffeln.

»Wir konnten dich und deinen Arm retten, Jonte. Das war unser höchstes Ziel. Den Fluch der Trugbrunnenschlangen, der für die Verwandlung deines Armes verantwortlich ist, kann ich dir nicht nehmen. Das kann nur eine …«, sagte Mola und deutete auf die zweite Schale Haferbrei und den Tee. »Wenn du gefrühstückt hast und bei Kräften bist, werde ich euch mehr von dem Geheimnis des Fluches erzählen.«

Molas Rat

Jonte betrachtete seinen Schlangenarm, als wäre er ein gefährliches Tier. Ich sah dem Beben seiner Lippen an, dass er am liebsten geweint hätte.

»Du hast Mola gehört, Jonte«, sagte ich und setzte mich neben ihn. »Die Schlangenhaut ist ein Fluch. Und es gibt jemanden, der diesen Fluch besiegen kann. Wir werden denjenigen finden. Hörst du?« Ich strich über seine schuppige Haut und wunderte mich, wie warm und seidig glatt sich der schwarz schimmernde Schlangenarm anfühlte.

»Was ist eigentlich geschehen? Ich meine, nachdem die Schlange mich gebissen hat.« Jonte betastete zögernd mit seiner linken Hand die Schlangenhaut und schien sich zunehmend zu beruhigen.

»Ich hatte das Schwert der Träume aus dem Trugbrunnen gezogen und da war wieder diese seltsame Ratte, Jonte. Ich hab sie am Trugbrunnen sitzen sehen. Und dann kamen auch schon mehrere Nachtschattenvögel. Ich hab dich, nachdem du die Schlange abgeschüttelt hattest, unter den Ginsterbusch gezogen und versucht, Sternenwind zu beruhigen.«

»Sternenwind!«, rief Jonte erschrocken und sah zum Fenster hinaus. »Wo ist er?«

»Im Stall«, beruhigte ich ihn schnell. »Ich hab mich um ihn gekümmert, während Mola sich deinen Arm angesehen hat.«

Für einen Augenblick sah Jonte mich sprachlos an. »Wie sind wir hierhergekommen?«

»Auf Sternenwinds Rücken. Du bist ohnmächtig geworden und Sternenwind hat uns direkt hierher, zu Molas Haus, gebracht.« Ich nahm die zweite Schale mit dem Haferbrei und hielt sie Jonte hin. »Iss was, Jonte. Du hast Mola gehört. Sie wird uns sagen, wie wir den Fluch bekämpfen können, sobald du gefrühstückt hast.«

Jonte schlang den Haferbrei hinunter und stürmte danach in den Stall, um nach Sternenwind zu sehen.

Ich zog das Schwert der Träume unter dem Sessel hervor, schob es durch meine Gürtelschlaufe und eilte ihm hinterher, gefolgt von Molas erschrockenem »Langsam, langsam mit den jungen Pferden«.

»Wo ist …?«, fragte Jonte, der entsetzt in der Stalltür stand.

»Na, dort im Stall.« Doch Augenblicke später sah ich, dass der Stall leer war.

»Wenn ihr Sternenwind sucht, der ist auf der Weide«, rief Mola uns von der Haustür aus zu.

»Sternenwind!«, rief Jonte glücklich, als wir um Molas Haus herumgestürmt waren und Sternenwind zufrieden auf der Weide grasen sahen. Doch als Jonte über die Wiese auf sein Pferd zulief, scheute dieses auf und rannte bis ans hintere Ende der Koppel davon.

»Was hat er denn?«, fragte Jonte verzweifelt und rannte hinter Sternenwind her.

»Nicht, Jonte«, versuchte ich ihn zu stoppen. »Es ist bestimmt dein Arm.«

»Mein Arm?« Wie vom Donner gerührt blieb Jonte stehen.

»Ja, dein Arm. Sternenwind hat sich bestimmt erschreckt.«

Betroffen drehte Jonte sich zu mir herum. »Erschreckt? Vor mir?«

»Nein, nicht vor dir. Nur vor deinem Arm«, beruhigte ich ihn.

Niedergeschlagen blickte Jonte zu Sternenwind hinüber, der unruhig am Zaun entlanglief, als suchte er eine Fluchtgelegenheit.

»Nimm's nicht so schwer«, versuchte ich Jonte zu trösten

und wir gingen zurück zu Mola, die in der Küche am Tisch saß und Karotten schälte.

»Es scheint dir besser zu gehen«, stellte Mola fest, ohne aufzusehen. Sicher hätte das auch keinen Unterschied gemacht.

»Mola«, begann ich und setzte mich zu ihr. »Du hast gesagt, dass es jemanden gibt, der den Fluch aufheben kann.«

»Ja, das stimmt.« Mola nickte und sah zum Fenster auf. Sicher konnte sie das helle Sonnenlicht auf ihrem Gesicht spüren. »Du«, flüsterte sie.

»Ich?«, rief ich erstaunt und sah Jonte verwirrt an, der neben mir saß.

»Du hast das Schwert der Träume aus dem Trugbrunnen gehoben, stimmt's?«, fragte Mola und schnitt die Karotten in kleine Würfel. »Zur selben Zeit ist Jonte von einer Schlange gebissen worden. Wer aber das Schwert aus dem Brunnenwasser zieht, nachdem er gebissen worden ist, der wird durch das Schlangengift mit einem Fluch belegt. Und dieser kann nur aufgehoben werden, indem das Schwert zurück ins Brunnenwasser eingetaucht wird.«

Jonte und ich sahen uns sprachlos an. So einfach hatten wir es uns nicht vorgestellt. Endlich kehrte das Strahlen in Jontes Augen zurück und all der Mut.

Ich sprang auf.

»Was hast du vor?«, fragte Mola erschrocken und ihre blinden Augen suchten mich.

»Ich gehe zum Trugbrunnen, jetzt gleich«, sagte ich.

»Nicht so eilig, Elin. Ich war noch nicht fertig. Bitte höre mir bis zum Ende zu. Dann kannst du immer noch zum Trugbrunnen laufen. Nicht wahr, Jonte?« Mola stand auf und gab die Karotten in einen großen Kochtopf, der über einer Gasflamme stand und in dem es schon leise vor sich hinköchelte.

Sie setzte sich zurück an den Esstisch und schnitt nun Äpfel, die sie aber nicht für die Suppe, sondern für uns schälte.

»Warum habt ihr das Schwert der Träume überhaupt aus dem Trugbrunnen gehoben?«, fragte Mola und reichte jedem von uns einen halben Apfel.

»Die Heimliche Kaiserin hat uns erzählt, dass man mithilfe des Schwertes Atieno und seine Nachtschattenvögel bekämpfen kann«, berichtete Jonte.

»Ja, genau«, pflichtete ich ihm bei und überlegte. »Die Kaiserin hat auch gesagt, dass man nur sieben mal sieben Stunden lang Zeit hat, das Schwert für sich zu nutzen. Ansonsten …« Die Worte blieben mir plötzlich im Hals stecken, als ich mich daran erinnerte.

»Ansonsten stirbt der Schwertheber«, flüsterte Jonte und wagte nicht, mich anzusehen.

»Woher eure plötzliche Angst? Wart es nicht ihr zwei, die das Schwert der Träume aus dem Trugbrunnen zu heben vermochten? Wisst ihr eigentlich, wie viele das schon vor euch vergeblich versucht haben?«, fragte Mola leise. »Ihr seid nun seit wenigen Stunden im Besitz dieses kostbaren Schwertes. Ein Schwert übrigens, das außer dir, Elin, niemand sehen kann.«

»Unsinn«, rief ich und zog das Schwert der Träume aus meiner Gürtelschlaufe. »Na? Was sagst du dazu?« Ich hielt Jonte das silbern schimmernde Schwert direkt vors Gesicht.

»Was meinst du?«, fragte Jonte jedoch erstaunt.

»Na, hier. Das Schwert in meiner Hand.«

»Echt? Du hältst es gerade in der Hand?«, fragte Jonte und blickte mich beeindruckt an. Dann verzog er zerknirscht sein Gesicht. »Ach schade. Ich wünschte, ich könnte es auch sehen.«

»Aber wie ist das möglich?«, fragte ich Mola, die leise lächelnd nickte.

»Das ist der Zauber des Schwertes. Niemand kann es sehen, nur derjenige, der es aus dem Trugbrunnen gehoben hat. Und jemand, der durch das Schwert der Träume einmal verletzt worden ist. Das ist ein Schutzzauber. Er verhindert, dass irgendjemand Atieno warnen kann.«

Mola stand auf und rührte mit einem langen Holzlöffel in dem Kochtopf herum.

»Ich frage mich eins, Mola«, flüsterte Jonte und wartete, bis Mola sich zu ihm herumgedreht hatte.

»Ja, das ist gut«, sagte sie leise nickend, als wüsste sie schon vorher, was Jonte sich fragte.

»Macht es einen Unterschied, ob Elin das Schwert jetzt oder in … sagen wir mal vierzig Stunden zurückbringt?«, wollte Jonte wissen und vermied es, mich dabei anzusehen.

»Ich weiß, was du vorhast, Jonte. Aber da mache ich nicht mit. Vergiss es! Das Risiko werden wir nicht eingehen. Ich bringe das Schwert der Träume zurück in den Trugbrunnen. Und zwar noch in dieser Stunde«, protestierte ich. Die Art und Weise, wie Mola Jonte leise lächelnd ansah, machte mich nervös.

»Mola, versteh du mich doch wenigstens. Wir haben das Schwert der Träume aus dem Trugbrunnen gehoben, um Atieno zu bekämpfen. Es ist nicht sehr gut gelaufen, würde ich sagen.« Jonte strich über seinen rechten Arm. »Aber wir leben *und* wir haben das Schwert.«

»*Ich* habe das Schwert«, verbesserte ich ihn.

»Und *ich* habe einen Schlangenarm«, rief Jonte und blitzte mich zornig an. »Und ich sage, wir bringen das Schwert noch nicht zurück, erst, wenn wir unsere Aufgabe im Finsterwald erledigt haben.«

»Niemals!«, schrie ich ihn an. »Was, wenn wir nicht rechtzeitig vor Ablauf der sieben mal sieben Stunden zurückkehren können?«

»Dann wirst du sterben und ich mein Leben lang einen Schlangenarm behalten«, flüsterte Jonte und strich sich über sein rotes Gesicht.

»Daher liegt das weitaus größere Risiko bei Elin, Jonte. Wenn sie Angst hat, dass ihr es nicht schaffen könnt, bevor die sieben mal sieben Stunden abgelaufen sind, dann musst du sie nun zum Brunnen gehen lassen.« Mola legte Jonte beschwichtigend eine Hand auf die Schulter.

Das Herz klopfte mir bis zum Hals, als mir bewusst wurde, was Mola gerade gesagt hatte. Ich hatte das Schwert der Träume gehoben, mein Leben hing nun von einem Schwert ab und von seiner rechtzeitigen Rückkehr in den Trugbrunnen. Plötzlich wurde mir heiß und der Schweiß trat mir auf die Stirn.

Finsterwald

Ich weiß nicht, wie lange ich auf der Weide hinter dem Haus gesessen habe. Eine Stunde vielleicht. Vielleicht auch zwei. Immer wieder drehte ich das Schwert in meinen Händen und legte es zur Seite. Ich sah Sternenwind beim Grasen auf der Koppel zu und verbarg dann lange Zeit mein Gesicht in den Händen.

Mola hatte recht. Das weitaus größere Risiko lag bei mir. Jonte drohte ein Leben mit einem Schlangenarm, mir aber drohte der Tod. Das war mir nicht klar gewesen, bis Mola es ausgesprochen hatte. *Ich* hatte das Schwert der Träume aus dem Trugbrunnen gezogen. Nicht nur Jontes Arm, mein ganzes Leben hing an diesem silbrig glänzenden Stück Metall.

Dann fiel mir die Heimliche Kaiserin ein und die Bilder im Spiegel. All die Menschen, die Atieno schon getötet oder vertrieben hatte. Und plötzlich wusste ich, was ich zu tun hatte.

Ich stand auf und ging mit entschlossenen Schritten zurück ins Haus.

Mola und Jonte saßen am Tisch und aßen von der dampfenden Suppe.

»Ist auch Suppe für mich da?«, fragte ich verlegen, weil beide erwartungsvoll aufhorchten. »Ich schätze, wir sollten uns für den Weg durch den Finsterwald stärken.«

»Wir gehen zu Atieno? Wir machen weiter? Wirklich, Elin?« Jontes Augen blitzten auf vor Freude und Abenteuerlust.

Und auch Mola lächelte, aber es war ein stilles Lächeln, das die tiefe Sorgenfalte über ihren Augen nicht überstrahlen konnte.

»Ich hab's gewusst«, flüsterte sie, »seit ich das Mal auf deiner Hand fühlte.«

»Wie?« Erschrocken betrachtete ich das Muttermal auf meiner linken Hand. Es sah wirklich scheußlich aus, wie eine längliche Narbe und im Sonnenlicht schimmerte es silbrig.

Doch Mola winkte ab. »Das ist eine lange Geschichte, Elin. Eine Geschichte, die auf deine Rückkehr warten muss, fürchte ich. Es dämmert nämlich bald und ihr solltet euch noch ein wenig ausruhen, bevor die Nacht hereinbricht.«

Ich musste tatsächlich eingeschlafen sein, denn irgendwann wachte ich auf, als Mola mich an den Schultern rüttelte. »Elin, es ist Zeit, aufzubrechen.«

Jonte stand schon in der Küche, tief über die Landkarte des Reiches Hinter der Morgenröte gebeugt.

»Ich möchte euch bitten, Sternenwind hierzulassen«, sagte Mola und legte ein paar Päckchen mit Broten und Obst auf den Tisch. »Der Finsterwald ist für ein Pferd zu gefährlich. Es gibt dort keine Wege, müsst ihr wissen. Überall können jederzeit neue Finsterwaldbäume aus dem Boden schießen. Ihr müsst auf der Hut sein. Sucht das Weite, sobald ihr ein Beben im Erdreich spürt. Und es wird sehr, sehr finster dort sein. Nicht nur bei Nacht. Vor allem aber hütet euch vor den Waldschraten. Sie sind kaum von den Finsterwaldbäumen zu unterscheiden. Scheußliche Baumwesen, die nichts Gutes im Sinn haben.«

»Die Grenze zum Finsterwald ist nicht weit von hier.« Jonte tippte auf ein kleines Haus auf der Landkarte, unter dem mit schnörkeliger Schrift *Mola* stand. Dahinter lagen Wiesen und Felder, gefolgt von den ersten Finsterwaldbäumen. »Wie aber kommen wir zu Atieno?«, fragte Jonte.

»Atienos Haus kann nur einer finden«, sagte Mola. »Der Schwertträger. Es heißt, dass das Schwert der Träume den Weg zu Atieno weist.«

Ich fasste an meine Seite, um mich zu vergewissern, dass das Schwert noch immer bei mir war.

»In der Zwischenzeit werde ich für Sternenwind sorgen und auf euch warten. Vergesst nicht, dass euch nun kaum mehr als ein Tag verbleibt.«

Mola klopfte zuerst Jonte, dann mir zum Abschied auf die Wange. »Du, Jonte, musst deinen Arm verbergen«, rief sie hinter uns her. »Er könnte euch verraten. Und noch einmal: Hütet euch vor den Waldschraten. Sie sind Wegelagerer, Plünderer, Parasiten des Finsterwaldes und verstehen keinen Spaß, wenn sie keine Beute machen können.«

Die Wiesen waren feucht vom Tau und das Mondlicht schimmerte in den Wasserlachen. Grillen zirpten und in der Ferne rief ein Kauz.

»Ob wir es schaffen werden?«, fragte ich leise und griff nach Jontes Hand. Die Hand, die uns nicht verraten würde.

»Sicher«, sagte Jonte und grinste mich frech an. Dann fügte er leise »Wir müssen es schaffen« hinzu.

Plötzlich hörte ich ein Rascheln hinter uns und fuhr herum. »Jonte, da war es wieder.«

»Ich hab's gehört«, flüsterte er zurück und blieb stehen.

Wir harrten eine Weile aus, lauschten in die Nacht, aber alles blieb still.

»Das war vielleicht eine Maus oder ein Frosch«, vermutete Jonte.

»Oder die seltsame Ratte«, fügte ich hinzu und eine Ahnung beschlich mich. Eine Ahnung, dass dieses sonderbare Tier uns erneut verfolgte.

»Vielleicht ist sie scharf auf unsere Butterbrote«, meinte Jonte kichernd.

Es dauerte nicht lange, bis er nach vorne zeigte und erklärte, dass die riesigen, schwarzen Bäume am Horizont der Beginn des Finsterwaldes seien.

Mein Herz klopfte schneller vor Aufregung, je näher wir dem Wald kamen.

Doch als wir die ersten Bäume erreicht hatten, legte

sich meine Angst. Es war dunkel zwischen den dicken Baumstämmen. Das fahle Mondlicht wurde von den Baumkronen verschluckt. Ich hielt Jontes warme Hand und das war in der Finsternis unendlich tröstlich.

Dann und wann hörte ich wieder ein Rascheln und Jonte flüsterte jedes Mal beruhigend: »Das war bestimmt eine Haselmaus, ich erkenne so was mit geschlossenen Augen.« Oder: »Hast du das gehört? Das war der buschige Schwanz eines Eichhörnchens.«

Die Luft war kalt. Es war, als würden uns die Baumstämme mit eisigem Atem anhauchen.

»Was glaubst du, in welche Richtung sollen wir gehen?«, fragte Jonte nach einer Weile.

»Immer weiter geradeaus«, flüsterte ich zurück und hielt das Schwert der Träume mit meiner linken Hand fest umschlungen. Nach den Worten der Heimlichen Kaiserin oder auch nach Molas Rat hätte ich es genauer wissen müssen, aber ich fühlte mich verloren, hatte keine Ahnung, wie weit wir inzwischen in den Wald hineingelaufen waren. Ich wusste nur, dass wir noch viel, viel tiefer in das Herz des Finsterwaldes vordringen mussten.

Einmal stürzte ich einen kleinen Abhang hinab und Jonte konnte mich nur mit Mühe wieder heraufziehen. Ein anderes Mal stolperte Jonte über einen moosbewachsenen Felsen und rappelte sich stöhnend auf, dabei achtete er darauf, schnell seinen Schlangenarm zu verbergen. »Wir müssen vorsichtiger sein«, wisperte Jonte, der fortan sorgsam einen Fuß vor den anderen stellte.

»Ich hab das Rascheln schon wieder gehört«, wisperte ich, als ich über eine Baumwurzel stolperte und auf etwas Weiches prallte. Doch das war nicht Jonte.

Der Waldschrat

»Hoppla«, raunte eine dunkle Stimme.

Je eine große Hand packte Jonte und mich, hob uns hoch in die Luft und trug uns mit donnernden Schritten zu einer Lichtung.

»Jonte«, schrie ich und zappelte panisch, tobte und versuchte mich aus dem festen Griff zu befreien. »Lass mich los!«

Der Wind brauste auf in den Baumwipfeln, sodass dann und wann etwas Mondlicht zu uns herabfiel. Auf der Waldlichtung brannte ein Lagerfeuer und ich konnte im Schein der Flammen erkennen, dass wir in einen Waldschrat hineingerannt waren. Jedenfalls sah sein Körper aus wie ein kleiner Baumstamm. Seine Arme waren recht dünn, wie knorrige Äste.

»Wer bist du, dass du herumschreist wie ein kleines Kind? Du wirst uns noch verraten.« Der Waldschrat sah sich sorgenvoll um.

»Wer bist du, dass du uns einfach so packst und uns zu Tode erschreckst?«, fragte Jonte mutig zurück.

»Ich bin ein Waldschrat, seht ihr das nicht? Vielleicht haben ja zwei Halbstarke wie ihr noch nie einen Waldschrat gesehen. Haben sie euch nicht gewarnt? *Hütet euch vor den Waldschraten. Sie sind Plünderer, Wegelagerer des Waldes.*« Der Waldschrat stocherte aus sicherer Entfer-

nung im Feuer, um es aufflammen zu lassen. »Pah, Plünderer. Von wegen. Wenn es wenigstens ab und zu mal was zu plündern gäbe. Aber was kommt hier schon vorbei? Vielleicht mal eine jämmerliche, nackte Ratte«, zischte der Waldschrat ärgerlich.

Ich sah Jonte erschrocken an.

Die seltsame Ratte war uns scheinbar tatsächlich in den Finsterwald gefolgt.

»*Da kommen gleich zwei Kinder*, hat sie gesagt. *Die haben ihre Taschen voller Schätze.* Deshalb hab ich die Ratte laufen lassen und sie nicht über dem Feuer geröstet.« Der Waldschrat kicherte und sah uns dann herausfordernd an. »Ihr müsst mir nun alles geben, was ihr bei euch führt. Dann erst könnt ihr weitergehen.« Der Waldschrat setzte sich auf einen Felsen nahe dem Lagerfeuer und sah uns abwartend an. »Na los, macht schon!«

Vorsichtig, ohne den Blick auf seinen Schlangenarm preiszugeben, zog Jonte ein Päckchen aus seiner Jackentasche und reichte es mir, damit ich es öffnen konnte. Es war die Wegzehrung, die Mola uns mitgegeben hatte. Ich nahm das erste Brot heraus und warf es dem Waldschrat entgegen. Der fing es geschickt mit seinem riesigen Mund und fraß es schmatzend auf.

»Weiter, weiter …«, forderte er mit gierigem Blick auf das nächste Päckchen in meinen Händen.

So warf ich dem Waldschrat nach und nach unsere ganze Wegzehrung zu.

»Weiter«, drängelte er, als alle Brote aufgegessen waren.

»Wir haben nichts mehr«, sagte ich und deutete auf das leere Papier.

»Papperlapapp«, schnauzte der Waldschrat und zeigte auf Jonte. »Der hat noch was in seiner Tasche. Das kann ich riechen. Und ich rieche außerdem Papier von Landkarten und Silber wie von einem Säbel. Ich will alles, was ihr bei euch tragt. Alles, ist das klar?«

Ich sah Jonte alarmiert an. Der Waldschrat konnte das Schwert riechen.

Doch wieder nickte Jonte mir nur kaum merklich zu und reichte mir einen Apfel aus seiner Tasche.

»Wirf ihn weit weg, so weit du kannst«, raunte er leise, ohne seine Lippen zu bewegen.

Mein Herz klopfte bis zum Hals, als ich ausholte und den Apfel mit aller Kraft weit an dem Waldschrat vorbei in den Finsterwald hineinwarf.

Der Waldschrat beugte sich zur Seite, versuchte ihn zu fangen und sprang mit donnernden Schritten hinter dem Apfel her.

»Los«, flüsterte Jonte und zog mich in den Finsterwald hinein. Wir rannten und rannten. Ich hörte das Donnern der Waldschratschritte, die den Boden erbeben ließen.

»Schneller, Jonte, schneller«, winselte ich.

Wir stolperten über Baumwurzeln und wagten nicht, uns umzusehen oder anzuhalten.

Erst nachdem das Trampeln hinter uns leiser und leiser wurde und irgendwann ganz verstummte, kauerten wir uns an einen moosbewachsenen Felsen und schnappten nach Luft.

Mein Herz klopfte bis zum Hals und das laute Pochen des Blutes in meinen Ohren hörte sich wie Waldschratschritte an.

Verrat

Der Morgen dämmerte schon hinter den Bäumen, Nebel sammelte sich in den Baumwipfeln und doch blieb es gespenstisch dunkel im Finsterwald.

Nur dann und wann, wenn ein Windhauch die Baumkronen zur Seite bog, fiel ein wenig Licht bis hinunter auf den Waldboden.

An einem kleinen Bachlauf, der an den Rändern zugefroren war, machten wir eine Pause.

»Ich möchte zu gerne wissen, wie weit es noch bis zu Atieno ist«, flüsterte Jonte und blickte hinter sich in die Dunkelheit.

Das fragte ich mich auch seit vielen Stunden. Meine linke Hand schmerzte schon von dem krampfhaft festen Griff um das Silberschwert.

Jonte fand noch weitere Äpfel in seinen Jackentaschen und doch wagte ich kaum zu essen, denn ich fürchtete, dass der Biss in die knackigen Äpfel uns verraten könnte.

»Hast du denn noch immer kein Gespür, in welche Richtung wir weitergehen sollen?«, fragte Jonte leise.

»Nein, tut mir leid. Ich weiß, dass Mola und auch die Heimliche Kaiserin gesagt haben, dass das Schwert mich führen wird, aber ich habe keine Ahnung. Ich glaube einfach nur, dass wir weitermüssen, tiefer in den Wald hinein. Viel tiefer. Es ist, als sähe ich eine noch viel tiefere Dunkelheit vor uns.«

Ich konnte Jontes Verzweiflung regelrecht spüren und manchmal, wenn ein kurzer Lichtschein durch die Baumwipfel zu uns herabfiel, warf er einen raschen Blick auf die Armbanduhr. Die Zeit verflog und mit ihr vielleicht mein Leben.

»Am tiefsten und dunkelsten sieht der Wald in dieser Richtung aus.« Dieses Mal zog ich Jonte hinter mir her, doch schon nach wenigen Schritten blieb ich wie angewurzelt stehen. Ich hatte ein Rascheln gehört, leise nur, als würde der Wind ein paar trockene Blätter aufwirbeln. Und doch zu laut, zu ungewöhnlich für den Finsterwald.

»Was ...«, fragte Jonte, doch ich drückte ihm schnell die Hand auf den Mund. Es blieb still. Gespenstisch still. So, als würden neben uns wilde Tiere ihren Atem anhalten, um im nächsten Augenblick anzugreifen.

Langsam tasteten wir uns vorwärts, immer tiefer hinein in den klirrend kalten Finsterwald. Es wurde so dunkel um uns herum, dass ich nicht einmal mehr die Umrisse meiner eigenen Hand sehen konnte, die ich tastend nach vorne ausgestreckt hatte. Es war unheimlich, als würde die Dunkelheit uns verschlucken. Bis ich vor mir zwischen den Bäumen einen weißen Schimmer erblickte.

Wir erreichten eine Lichtung, in der sich weißer Nebel auf dem Boden sammelte, und plötzlich spürte ich, dass wir Atieno zum Greifen nah waren. Ich *wusste* es.

Der Nebel umschlang unsere Beine und wir konnten nicht sehen, wohin wir traten. Vorsichtig und eng aneinandergeklammert tasteten wir uns vorwärts.

Zu spät hörten wir das Flügelschlagen.

Jonte bemerkte das Rauschen zuerst und schrie: »Zurück, Elin«, doch es war zu spät. Zwei große Nachtschattenvögel kamen wie aus dem Nichts herangeschossen, griffen uns mit ihren Krallen und flogen mit uns mitten in den weißen Nebel hinein.

Dort, wo der Nebel am dichtesten war, klaffte eine lange, schmale Spalte im Boden, als wäre das Erdreich an dieser Stelle aufgeplatzt. Der Nachtschattenvogel, dessen scharfe Krallen mir durch den Pullover in den Rücken stachen, flog mit einer unglaublichen Geschwindigkeit durch diese Spalte hindurch, unter der sich ein riesiger Hohlraum befand. Immer weiter rasten wir ins Erdreich hinein und erst über einer großen Höhle verlangsamte der Nachtschattenvogel seine Flügelschläge und ließ sich langsam herabsinken. Etwa einen Meter über einem Felsen, der in der Mitte der Höhle hoch aufragte, ließ der Vogel mich fallen.

Ich kauerte auf dem Felsen, verbarg meinen Kopf zwischen den Armen und wartete auf die tödliche Attacke des Nachtschattenvogels.

Atieno

Lautes Stimmengemurmel ließ mich nach einer Weile vorsichtig aufsehen. Ich lag hoch oben auf einem Felsen inmitten einer Höhle, die wie eine Versammlungsstätte aussah. Überall an den Wänden loderten offene Flammen und um mich herum drängten sich unzählige schwarze Nachtschattenvögel auf Steinvorsprüngen, die im Kreis angeordnet waren.

»Elin?«, flüsterte Jonte plötzlich neben mir und ich konnte es kaum glauben. Er lebte. Genau wie ich. Mit einem Mal verstummte das Gemurmel und die großen Raubvögel richteten wie verschreckt ihre Köpfe hinauf zur Höhlendecke, als ein riesiger schwarzer Greifvogel hereingeflogen kam, zwei Runden über die Versammlung zog und auf einem emporstehenden Felsen sicher landete.

Ich rutschte näher zu Jonte hinüber und tastete nach seinem Arm. Denn die gefiederte Kreatur, die soeben in die Höhle hereingeflogen war, war niemand anderes als Atieno.

Atieno überragte die anderen Vögel um Längen. Manche sahen sogar noch sehr jung aus, so, als wären sie gerade erst geschlüpft. Atieno aber hatte dunkelgrün schimmernde Klauen, tiefschwarze Federn, die im Feuerschein bläulich leuchteten, und ein Menschengesicht. Jenes Gesicht, das ich im Spiegel der Heimlichen Kaiserin gesehen hatte. Tiefe Furchen ließen es alt und steinern aussehen. Der Blick aus seinen dunklen Augen taxierte uns, während er rief: »Bringt die Ratte herein.«

Eine Tür tief unten an der Höhlenwand wurde geöffnet: Ein Nachtschattenvogel hatte eine kleine Kreatur in seinen Krallen. Er flog hoch hinauf zu Atieno und setzte das nackte Wesen vor ihm auf einem Felsvorsprung ab.

Ich erkannte die Ratte sofort. Es war *unsere* Ratte. Jene nackte und sonderbare Ratte, die ich das erste Mal auf dem Friedhof gesehen hatte und später im Wald vor dem Silberturm und auch am Trugbrunnen. Die Ratte, die uns an den Waldschrat verraten hatte.

»So, mein Guter«, sprach Atieno spöttisch mit der Ratte, die sich zu einem erbärmlichen Knäuel zusammengerollt hatte. »Da sind sie, die beiden Halbstarken, vor denen du uns gewarnt hast und die uns deiner Meinung nach gefährlich werden können.«

Atieno deutete mit einem Flügel auf Jonte und mich und laut murmelnd drängte sich die Versammlung näher an den Felsen heran, auf dem Jonte und ich in schwindelerregender Höhe kauerten. Als Atieno den Flügel mit einer weit ausholenden Bewegung wieder einklappte, erstarb das Geraune schlagartig.

»Sprich«, zischte Atieno der Ratte zu und hob sie mit seiner Klaue an ihrem Schwanz hoch in die Luft.

»Ja, ja«, stammelte die nackte Ratte leise. »Das sind sie.«

Wieder raunte die Menge, doch ein scharfer Blick Atienos ließ sie erneut verstummen.

»Das sind die Kinder, die das Schwert der Träume aus dem Trugbrunnen gehoben haben«, berichtete der kahle Nager. »Ich habe es mit meinen eigenen Augen gesehen.«

Jonte und ich blickten uns erschrocken an.

»Und du glaubst, ein hässliches Ding wie du hat ausreichend scharfe Augen, um etwas Derartiges beobachten zu können?«, fragte Atieno.

»Meine Augen mögen nicht mehr die besten sein, aber ich habe es gesehen. Der da«, die Ratte deutete mit seinem kurzen Beinchen auf Jonte, »der ist dabei von einer Trugbrunnenschlange gebissen worden.«

Jonte neben mir zog und zerrte seinen Jackenärmel tiefer über seinen rechten Arm.

»Nun, es ist uns allen bekannt, was das heißen würde, nicht wahr?«, fragte Atieno und setzte die Ratte wieder auf dem Felsvorsprung ab.

»Du, Junge, zeig uns deinen Arm«, rief Atieno Jonte zu.

»Nicht«, flüsterte ich und mein Herz klopfte mir bis zum Hals.

»Nun mach schon«, zischte Atieno ungeduldig. »Du glaubst doch nicht im Ernst, dass du gegen uns irgendeine Chance hast?«

Ich sah aus dem Augenwinkel, wie Jonte langsam den Ärmel seiner Jacke hochschob, und als sein Schlangenarm zum Vorschein kam, brach ein Tumult unter den Nachtschattenvögeln los.

»Ruhe«, rief Atieno durch den Saal und es war wieder mucksmäuschenstill. »Soso«, meinte er und starrte auf Jontes schuppige Haut. »Du bist also von einer Trugbrunnenschlange gebissen worden. Und deine Freundin?«

»Die nicht«, stotterte Jonte und sah mich kurz an. Er wollte mir etwas mitteilen und schüttelte kaum merklich den Kopf, aber wie sollte ich seine Zeichen deuten?

»Du, Mädchen«, Atieno wandte sich an mich, »zeig uns deine Arme.«

Ich schob meine Ärmel hoch und streckte meine Arme in die Luft.

»Also hat der Junge das Schwert«, murmelte Atieno.

»Das kann man so nicht sagen«, warf die Ratte vorsichtig ein. »Sie haben beide nach dem Schwert gefischt. Einer von beiden hat es, aber wer, das ist die Frage.«

»Hm«, machte Atieno nachdenklich und kam uns bedrohlich näher. Dann knurrte er: »Wer von euch beiden hat das Schwert?«

Jonte drückte meine Hand so fest, dass es wehtat. Erschrocken sah ich ihn an. Wieder schüttelte er stumm den Kopf. Ich verstand. Er wollte nicht, dass Atieno erfuhr, wer von uns beiden das Schwert bei sich trug.

So blickten wir beide Atieno stumm an.

»Ich frage mich, warum ich mich mit dem dummen Geschwätz einer Ratte aufhalte«, zischte Atieno leise und rief dann lauter in die Menge: »Die beiden Menschenkinder sind freigegeben. Vergnügt euch mit ihnen.«

Jonte und ich klammerten uns fest aneinander, als schon die ersten Nachtschattenvögel ihre Flügel spreizten, wilde Rufe ausstießen und sich zum Angriff rüsteten.

»Halt«, fuhr die Ratte in letzter Sekunde dazwischen. »Da ist noch etwas.«

Atieno bedeutete den gierigen Nachtschattenvögel zu warten.

»Wenn Ihr sie nicht tötet, nicht *jetzt*, dann könntet Ihr in den Besitz des Schwertes gelangen und damit die Herrschaft über das Reich Hinter der Morgenröte übernehmen«, erklärte die Ratte Atieno. »Das ist es doch, wovon Ihr träumt.«

»Sicher will ich das Schwert. Aber wer sagt mir, dass du die Wahrheit sprichst? Ich warne dich«, sagte Atieno und hob die Ratte abermals am Schwanz hoch. »Du treibst hoffentlich keine Spielchen mit mir.«

»Nein, nein, wie käme ich dazu«, rief die Ratte erschrocken. »Ich habe genau gehört, wie die Heimliche Kaiserin mit den beiden Kindern gesprochen hat.«

Ich warf Jonte einen kurzen Blick zu. Die ganze Zeit hatte ich geahnt, dass uns irgendetwas verfolgte.

Atieno setzte die Ratte auf den Felsvorsprung und lauschte aufmerksam ihren Worten.

Aufgeregt lief die Ratte hin und her, taumelte und fiel dabei fast vom Felsen. »Es ist so, dass die beiden schon seit fast zwei Tagen mit dem Schwert unterwegs sind. Wenn Ihr sie hierbehaltet, sie einsperrt, sodass sie das Schwert nicht vor Ablauf der sieben mal sieben Stunden in den Trugbrunnen zurückbringen können, dann wird der Schwertträger sterben und der kaiserliche Zauber über dem Schwert der Träume wird für immer verloren sein.«

»Und die Herrschaft über das Reich Hinter der Morgenröte wird mir gehören«, flüsterte Atieno und sah für einen Moment gedankenversunken in die Ferne. Dann taxierte er die Ratte mit einem scharfen Blick. »Was versprichst *du* dir eigentlich davon, Ratte? Wie kommt eine kümmerliche Kreatur wie du dazu, mir die Macht über das Reich Hinter der Morgenröte geradezu auf einem Silbertablett zu servieren?«

»Nun ja«, keckerte die Ratte mit einer verlegenen Verbeugung und ihre Stimme überschlug sich fast. »Ich dachte, es würde Euch nichts ausmachen, mir mein Federkleid und meine Flügel als Dank zurückzugeben?«

»Als Dank, so, so«, sagte Atieno nickend und beugte sich tief zu der nackten Ratte hinab.

Im nächsten Augenblick holte er mit seinem Flügel weit aus und schleuderte sie mit einem Hieb vom Felsen.

Die Ratte fiel und fiel und wurde kurz vor dem Aufprall von einem Nachtschattenvogel aufgefangen.

»Zurück in den Kerker mit dem krüppeligen Miststück«, kommandierte er. »Als *Dank* kann er die beiden Halbstarken in ihrer Zelle bewachen, bis einer von ihnen das Zeitliche gesegnet hat und das Schwert der Träume und damit die Macht über das Reich Hinter der Morgenröte mein ist«, rief er dröhnend, breitete seine mächtigen Flügel aus und rauschte nur knapp über unseren Köpfen davon.

Das Geheimnis der Ratte

Sie trugen uns zu einer kleinen Tür und warfen uns in den felsigen Gang hinter der Versammlungsstätte. Dann knallte das schwere Gitter hinter uns zu.

»Was jetzt?«, fragte ich mit zittriger Stimme und fasste im Dunkeln nach Jontes Hand.

»Dorthin«, flüsterte er und deutete den Gang entlang, wo ein blasser Lichtschein zu sehen war.

In einer kleinen Höhle brannte auf sandigem Boden ein bläuliches Feuer und dahinter lag die Ratte. Ihr nackter Körper leuchtete förmlich im Feuerschein, und als sie uns erblickte, huschte sie die dunkle Wand hinauf.

»Verräter«, zischte Jonte der Ratte hinterher und hockte sich ans Feuer, um sich aufzuwärmen.

Erst als ich mich am Feuer niederließ, spürte ich die Schmerzen in meinem Körper. »Jonte«, jammerte ich. »Was soll nun werden? Wir sitzen hier in diesem Loch fest und die Stunden verstreichen, ohne dass wir etwas tun können.«

Hoch oben über der kleinen Höhlenkammer schimmerte ein weißliches Licht. Aber die Öffnung schien in schwindelerregender Höhe zu sein, unerreichbar, so als säßen wir am Ende eines langen, unendlich tiefen Rohres. Es war aussichtslos, nur die Ratte schien ihr Glück versuchen zu wollen. Sie kletterte immer weiter an der steilen Höhlenwand hinauf.

Meine Augen gewöhnten sich mehr und mehr an die Dunkelheit und ich sah, dass der Höhlenboden von dicken Baumwurzeln durchzogen war. Die Wände waren ebenso hölzern, als säßen wir in einem hohlen Baumstamm.

Auf einmal schreckte uns ein schriller Schrei auf und wir sahen, wie sich über uns ein schwarzer Schatten über die Höhlenöffnung legte.

Sekunden später taumelte die Ratte und verlor den Halt. Sie fiel, stieß zweimal an die Höhlenwand und landete auf Jontes Schoß.

»Igitt«, rief Jonte angewidert und sprang auf. Die Ratte rollte von seinen Knien in die Ecke der Höhle und blieb dort zusammengekauert liegen.

»Ist sie …?«, fragte ich leise.

»Tot? Ich glaube, Abschaum stirbt nie«, zischte Jonte zurück und begutachtete den nackten Rattenkörper.

Plötzlich sprang die Ratte auf ihre Hinterpfoten und zeigte ihre spitzen Zähne, als sie mit schriller Stimme fauchte: »Abschaum, ja? Das ist der Dank, wenn man versucht, euch das Leben zu retten?«

Jonte schnaubte verächtlich. »Das Leben retten? Du hast uns verraten.«

»Wärst du nicht zu Atieno gelaufen und hättest uns ihm ausgeliefert, dann säßen wir jetzt nicht hier«, schimpfte ich.

»Sicher, sicher.« Die Ratte kam näher ans Feuer und reckte ihren wunden Körper in der Wärme hin und her. Ihre nackte, verschrammte Haut schimmerte im Schein des Feuers und warf einen langen Schatten an die Höhlenwand.

»Wisst ihr was?«, raunte die Ratte leise und drehte sich zu uns herum. »Wenn ich euch nicht an Atieno verraten hätte, dann hätten seine Nachtschattenvögel kurzen Prozess mit euch gemacht und euch nicht lebendig eingefangen.«

»Das ist nicht wahr, denn sie hätten uns gar nicht erst erwischt«, zischte Jonte zurück.

Die Ratte sah Jonte einen Moment lang verblüfft an. Dann lachte sie los. »Nie … hehehe … erwischt … hehe.« Sie hielt sich den Bauch, und als hätte sie das Lachen im nächsten Augenblick verschluckt, raunte sie mit finsterer Miene: »Dummkopf!« Die Ratte legte sich stöhnend auf die Seite und wärmte ihre Hinterpfoten an dem Feuer. »Sie haben schon auf euch gewartet, verhandelt, wer von ihnen euch zum Frühstück bekommt«, knurrte sie.

Wir saßen wie erstarrt da.

Die Ratte drehte ihren bebenden Körper vor dem Feuer hin und her.

»Du lügst«, flüsterte ich.

»Das haben schon ganz andere behauptet und diesen Fehler mit ihrem Leben bezahlt«, sagte die Ratte gleichmütig.

»Und woher willst du das alles wissen?«, fragte Jonte skeptisch.

»Weil ich einst einer von ihnen war«, erzählte die Ratte stolz und baute sich zu voller Größe auf. Sie stemmte ihre Vorderpfoten in die Seite und blickte uns trotzig an.

»Du warst tatsächlich ein Nachtschattenvogel?«, flüsterte ich und rutschte noch näher an Jonte heran.

»Exakt.« Die Ratte nickte und deutete auf ihren nackten

Körper. »So sehen wir aus, wenn wir kein Federkleid tragen und uns unsere Flügel geraubt werden. Jämmerlich, nicht wahr?«

Ich konnte es nicht glauben. Dieses kahle Wesen sollte einmal ein Nachtschattenvogel gewesen sein? Und doch, hatte ich nicht mit eigenen Ohren gehört, wie die Ratte Atieno um sein Federkleid als Dank gebeten hatte?

»Wie genau soll das denn passiert sein?«, fragte Jonte skeptisch.

»Das ist eine lange Geschichte.« Die Ratte winkte ab, legte sich erneut auf den Boden und rollte sich am wärmenden Feuer ein.

»Es ist also eine Lüge«, stellte Jonte beim Anblick der sich schlafend stellenden Ratte fest.

»Hörst du, Ratte? Wir haben Zeit für lange Geschichten. Leider«, sagte ich und sah, wie die Ratte ein Auge öffnete.

»Also schön«, knurrte sie und setzte sich auf. »Es war vor vielen Jahren. Ein Mann hatte das Schwert der Träume gehoben. Ein unerschrockener Kerl war das. Und er kämpfte sich durch den Finsterwald, als kenne er weder Furcht noch Dunkelheit. Als uns berichtet wurde, dass ein Eindringling auf dem Weg zu uns sei, entschied Atieno, dass ich ihn erledigen dürfte. Zu jener Zeit war ich Atienos Vertrauter, sein treuester Diener.« Die Ratte spuckte ins Feuer und Funken stoben hoch.

»Weiter, Ratte«, flüsterte ich.

»Der Mann war allein und es wäre ein Kinderspiel für mich gewesen. Aber irgendetwas trieb ihn zu dieser Dummheit. Töricht. Ganz und gar töricht …« Die Schnurrbarthaare der Ratte zitterten.

»Was hat er denn getan?«, fragte Jonte.

»Er hat das Schwert der Träume gegen mich gerichtet. Gegen mich, einen Nachtschattenvogel«, die Ratte rollte ihren Schwanz ein und wandte sich ab.

»Und dann?«, fragten Jonte und ich gleichzeitig.

»Das war natürlich sein Ende. Denn wie ihr sicherlich wisst, hat der Träger des Schwerts der Träume nur einen einzigen Hieb – und diesen hat der Mann gegen mich verschwendet. Töricht.«

Ich erschrak, als die Ratte ihre Augen weit aufriss. »Und mir hat es ein Leben als jämmerliche Rattenkreatur beschert.«

»Was geschah dann?« Ich schlang meine Arme fest um meine Knie.

»Was weiß ich«, murrte die Ratte. »Der Mann war tot, das Schwert zurück im Trugbrunnen und ich war fortan eine erbärmliche Gestalt, die sich vor den Menschen und vor den Nachtschattenvögeln verstecken musste.«

»Vor den Menschen ja, aber wieso vor den Nachtschattenvögeln?«, wollte Jonte wissen.

Mit einem Satz sprang die Ratte in die Höhe und baute sich vor Jonte auf. »Weil ich für sie ein Versager bin. Hast du sie nicht gehört? Ein *verkrüppeltes Miststück.*«

»Und du hast gedacht, indem du Atieno einen Dienst erweist und dich so bei ihm einschmeichelst, gewinnst du seinen Respekt zurück?«, fragte ich und sah die Ratte aus zusammengekniffenen Augen an. »Du hast uns verraten, damit Atieno dich wieder aufnimmt in das Volk der Nachtschattenvögel.«

»Einen Versuch war es wert«, murmelte die Ratte leise und blickte ins Feuer.

»Ein Versuch, den wir alle drei mit dem Leben bezahlen werden«, schimpfte Jonte.

Tränen schossen mir in die Augen und ich wischte hastig mit dem Ärmel über mein Gesicht. Verzweiflung stieg in mir auf und ich sah hinauf zu der winzig erscheinenden Öffnung.

Ach, könnte ich doch fliegen, dachte ich und schluchzte laut auf.

»Aber … vielleicht weiß das verkrüppelte Miststück, der Abschaum, ja einen Ausweg«, flüsterte die Ratte geheimnisvoll, bevor sie einschlief und auch nicht mehr wachzukriegen war.

Das Wissen des Abschaums

Das leise Schnarchen der Ratte ließ auch mich immer müder werden und so musste ich tatsächlich eingeschlafen sein. Als ich meine Augen wieder öffnete, sah ich zuerst das knisternde Lagerfeuer, dann Jonte, der noch immer vor den Flammen saß, und neben ihm die schlafende Ratte.

Jonte versuchte immer wieder die Ratte zu wecken, als ich mich zurück neben ihn ans Feuer drängte. Es musste inzwischen Nacht geworden sein, denn über der Öffnung lag jetzt schwarze Finsternis.

Tatsächlich blinzelte die Ratte und reckte sich. Auch sie blickte seufzend hinauf in die Dunkelheit. »Die Nacht ist längst hereingebrochen und somit verstreichen nun auch die letzten sieben Stunden«, flüsterte sie und warf uns einen kurzen Seitenblick zu. Flink huschte sie die hölzerne Wand empor und rupfte ein paar Pilze von einem vorstehenden Aststumpf. »Wir haben keine Zeit mehr zu verlieren. Es ist nach meinem Gefühl nun kurz vor Mitternacht. In etwas mehr als einer Stunde wird der Schutz des Schwertes erlöschen und das Mädchen muss sterben.«

»Du weißt …?«, rief ich erschrocken, doch Jonte stieß mir heftig in die Seite.

»Gut geblufft, Ratte. Aber wir haben dir nicht gesagt, wer von uns beiden das Schwert der Träume aus dem Trugbrunnen gehoben hat«, rief Jonte schnell.

»Das muss man mir auch nicht sagen.« Die Ratte kaute genüsslich auf einem Pilz herum. »Ich kann es sehen.«

»Das ist eine gemeine Lüge«, schrie ich.

»Nein, ist es nicht.« Nachdem die Ratte noch mehr Pilze abgerupft hatte, eilte sie flink die Wand hinab und setzte sich zurück ans Feuer. Sie kaute einem Pilz nach dem anderen den Hut ab und warf die strohigen Stängel ins Feuer, wo sie zischend und Funken sprühend in Flammen aufgingen.

»Ich vermute, dass es etwas damit zu tun hat, dass ich selbst von dem Schwert der Träume getroffen wurde. Jedenfalls kann ich es klar und deutlich sehen«, erzählte die Ratte schmatzend. Dann beugte sie sich nach vorne und wisperte mir zu: »Es steckt in deiner Gürtelschlaufe.«

»Unsinn«, zischte Jonte. »Wir haben doch beide gehört, wie du zu Atieno gesagt hast, dass du nicht weißt, wer von uns beiden das Schwert trägt.«

Die Ratte suchte neben sich nach weiteren Pilzen und musste feststellen, dass sie schon alle aufgegessen hatte. »Du Dummerchen«, knurrte die Ratte. »Das war doch nur zu *deinem* Schutz. Was glaubst du, was Atieno mit dir gemacht hätte, wenn ich ihm verraten hätte, dass das Mädchen das Schwert trägt, hä? Sieh mich an, dann weißt du, was Atieno mit nichtsnutzigen Kreaturen anstellt. Sie interessieren ihn einen feuchten Rattenkot.«

»Ich glaub ihm kein Wort«, flüsterte Jonte mir zu.

»Wie du meinst«, zischte die Ratte und kletterte abermals die Wand hinauf.

Nachdenklich sah ich der Ratte zu, wie sie in einer Seelenruhe erneut einen Pilz nach dem anderen pflückte.

»Du hast gesagt, du weißt einen Ausweg, Ratte.«

»Hmhm«, machte sie jedoch nur eingeschnappt und nagte einen weiteren Pilzhut ab.

»Du wirst dem Abschaum doch wohl nicht glauben?«, fragte Jonte und blickte mich erschrocken an.

»Leider werden wir nicht allzu viele Möglichkeiten haben, uns rechtzeitig zu befreien, Jonte.« Ich sah die Angst auf seinem Gesicht und den zornigen Blick, den er der Ratte zuwarf.

Die Ratte kam zurück zum Feuer und gesellte sich zu mir. Sie bot mir einen ihrer Pilze an, aber ich rümpfte nur die Nase.

»Ich will mich doch nicht vergiften.«

»Wie du meinst«, sagte die Ratte schulterzuckend. »Es sind ganz köstliche Holz-Becherlinge.«

»Was ist nun, Ratte?«, fragte ich ungeduldig.

»Es ist so einfach wie unglaublich zugleich«, raunte die Ratte mir zu, als wolle sie nicht, dass Jonte etwas mitbekam. »Du hast doch die Heimliche Kaiserin gehört. Als sie mit euch sprach, hoch oben im Silberturm«, sagte die Ratte und schnippte den nächsten Pilzstiel ins Feuer.

Ich nickte nachdenklich. »Wir sollen die Wurzel des ersten aller Finsterwaldbäume mit dem Schwert durchschlagen.«

»Ja, das habe ich genau verstanden, auch wenn meine

Ohren seit dem Schwertangriff nicht mehr besonders tauglich sind.«

»Aber wo genau ist die Wurzel des ersten aller Finsterwaldbäume? Sie befindet sich doch in Atienos Haus ohne Aussicht, aber das ist …«, rief ich verzweifelt.

Die Ratte kam näher und näher und krächzte dann: »Ich wäre ein Dummkopf, euch das zu verraten.«

»Albernes Geschwätz!«, rief Jonte und sprang verärgert auf.

»Wie ihr meint.« Die Ratte strich sich über ihren vollgefressenen Leib. »Es ist euer Leben, das mit jeder Minute seinem Ende entgegenrennt. Nicht meines.«

»Siehst du? Das meine ich. Du hast schon zweimal versucht, uns zu verraten. Einmal an den Waldschrat und einmal an Atieno. Ich traue dir nicht. Du willst, dass wir einen Fehler machen«, zischte Jonte und hockte sich neben die Ratte.

»Wenn ihr das Schwert der Träume gegen Atieno erhebt, dann zerfällt sein ganzes Reich.« Die Ratte schnippte mit den Fingern ihrer rechten Vorderpfote. »Sie alle, all die hochnäsigen Nachtschattenvögel, die so tun, als wäre ich nie einer von ihnen gewesen, sie alle werden dann so sein, wie ich schon seit fast zehn Jahren bin: jämmerliche, nackte Kreaturen, die sich vor den Menschen fürchten und sich in Erdlöchern verkriechen.« Ein wohliges Lächeln zog über ihr faltiges Gesicht. »Doch mir kann es egal sein. Ich werde so oder so wieder zu Atienos Volk gehören. Entweder als Nachtschattenvogel, weil er mir aus Dankbarkeit mein Federkleid zurückschenkt, oder als Ratte, wenn ihr die Wurzel hier kappt.«

Doch in diesem Augenblick wurde die Tür zur großen Versammlungshöhle aufgestoßen und zwei noch recht junge Nachtschattenvögel drängten sich zu uns in die Kammer. Sie packten die Ratte und Jonte mit ihren Klauen und trugen sie davon.

Die Versammlung

Als die Gittertür krachend zufiel, rannte ich ihnen durch den schmalen Gang hinterher. Ich rüttelte an der Tür, doch sie war verschlossen. Durch das Gitter konnte ich erkennen, wie einer der Nachtschattenvögel Jonte hoch oben auf dem Felsen absetzte, auf dem wir beide erst vor einigen Stunden noch gekauert hatten.

Soweit ich sehen konnte, war die ganze Meute schon versammelt und auch Atieno thronte auf einem Felsblock. Mit krächzender Stimme rief er: »Sieh an, Ratte. Sieh an. Ich hätte nicht gedacht, dass ich dich noch einmal zu Gesicht bekomme. Was glaubst du, warum ich dich und den Jungen erneut in unsere Versammlung eingeladen habe?«

»Hat … hat … hat Atieno es sich etwa anders überlegt und wird mir nun doch mein Federkleid zurückgeben?«, fragte die Ratte mit zittriger Stimme.

»Nein, Ratte, das ist es nicht«, erwiderte Atieno mit zynischer Stimme. »Es ist etwas ganz anderes, das mir zu Ohren gekommen ist.«

»So?«, hörte ich die Ratte fragen und konnte die Angst in ihrer Stimme spüren.

»Du hältst dich wohl für außergewöhnlich klug, was, Ratte?«, fragte Atieno.

»Nein, nein, ganz und gar nicht«, wehrte die Ratte heftig ab.

»Gut. Das bist du nämlich auch nicht. Wenn du klug wärst, dann hättest du deine Geheimnisse dort im Kerker nämlich nicht so laut ausgeplaudert. Zu laut, Ratte. Einer meiner Untertanen hat dich gehört.«

Ein Nachtschattenvogel stieg flügelschlagend aus der Menge auf und zog lautlose Runden durch die Höhle.

Mir wurde kalt vor Angst. Meine linke Hand umklammerte den Griff des Schwertes und zog es vorsichtig aus der Gürtelschlaufe.

»Der Gute wartet jetzt auf seine Belohnung. Und weißt du, wer das sein wird?«, fragte Atieno.

»Doch nicht i… i… ich?«, stammelte die Ratte.

»Nein, Ratte. Das wäre zu mager für einen solch treuen Diener.«

Eine unerträgliche Stille lag über der Versammlungshöhle, nur ein Scharren von Krallen auf felsigem Grund war zu vernehmen. Das Blut rauschte in meinen Ohren.

Plötzlich sah ich, wie die Ratte durch die Luft geschleudert wurde und neben Jonte auf dem Felsen landete.

»Du, Ratte, bist noch nicht einmal eine würdige Vorspeise«, rief Atieno und ein gespanntes Rumoren schwoll an. »Du hast mir wahrlich einen treuen Dienst erwiesen. Ich kenne nun alle Geheimnisse des Schwertes und ich weiß, wer von den beiden Halbstarken *nicht* der Schwertträger ist. Das Mädchen wird in der Kammer auf die Morgendämmerung warten müssen. Allein. Aber vorher möchte meine treue Schar ihren Nachtschatten-Hunger stillen. Sie sind so gierig nach junger Fantasie.«

Atieno lachte höhnisch auf und auch in der Versammlung erklang ein vielstimmiges krächzendes Gelächter.

»Holt das Mädchen, sie soll sich diesen Augenschmaus nicht entgehen lassen«, rief Atieno zu meinem Entsetzen.

Ein Nachtschattenvogel flog geradewegs auf die Gittertür zu, hinter der ich stand.

Meine Gedanken überschlugen sich, doch bevor die Panik mich lähmen konnte, war mir plötzlich alles klar. Ich kannte die Lösung!

Was hatte die Ratte vorhin gesagt: *Ich werde so oder so wieder zu Atienos Volk gehören. Entweder als Nachtschattenvogel, weil er mir aus Dankbarkeit mein Federkleid zurückschenkt, oder als Ratte, wenn ihr die Wurzel hier kappt.*

Sie hatte sich tatsächlich verplappert und erst jetzt fiel es mir auf. In diesem Kerker saßen wir genau an der Wurzel des ersten aller Finsterwaldbäume. Der hohle Baumstamm war Atienos Haus ohne Aussicht.

Nun wusste ich, was ich zu tun hatte.

Jetzt.

Ich rannte durch den schmalen Gang zurück in die Höhle, in der das Lagerfeuer fast niedergebrannt war. Mit beiden Händen umklammerte ich fest das Schwert und hörte hinter mir, wie das Gitter aufgestoßen wurde. Schon waren scharrende Schritte im Höhlengang zu vernehmen, als ich mit dem Schwert ausholte.

Ich schloss die Augen und atmete noch einmal tief ein, während das Schwert der Träume auf die Baumwurzel hinabsauste.

Der Silbervogel

Stille. Es war eine unglaubliche Stille um mich herum. Das Einzige, was ich hörte, war mein schneller Atem.

Als ich zaghaft meine Augen wieder öffnete, sah ich eine nackte Ratte davonhuschen. Sie kroch auf einen umgefallenen Baumstamm, kugelte an der anderen Seite wieder hinab und verschwand in der Dunkelheit. Über mir leuchtete der Mond und selbst vereinzelte Sterne konnte ich erkennen.

In meinen Händen hielt ich noch immer zitternd das Schwert.

»Jonte?«, flüsterte ich und blickte mich um. Ich stand mitten im Finsterwald.

Fort war die Höhle, in der ich vorhin noch mit Jonte und der Ratte gesessen hatte. Und fort waren all die Nachtschattenvögel. Überall wimmelte es stattdessen von rattenähnlichen, nackten Kreaturen, die über den Waldboden krochen und das Weite suchten.

»Elin?«, hörte ich Jontes Stimme nach mir rufen. Doch ich konnte ihn nicht sehen.

»Jonte? Wo bist du?«, rief ich immerzu und lief suchend umher.

»Hier.« Jontes Stimme klang gedämpft zu mir herüber. Dann entdeckte ich ihn. Zuerst sah ich seine blonden Haare. Er robbte auf dem Boden aus einer Erdspalte hervor.

»Jonte!« Ich stürzte zu ihm.

»Das war knapp«, presste Jonte hervor, während er sich aus dem Erdspalt zwängte. Nicht weit von ihm huschte eine weitere nackte Ratte aus dem Erdloch und verschwand in der Finsternis.

»Hilf mir, Elin. Hilf mir. Der Spalt wird immer enger.« Jonte krallte sich mit seiner linken Hand im Waldboden fest und versuchte sich aus dem Spalt zu ziehen. Erschrocken steckte ich das Schwert in meine Gürtelschlaufe zurück und zog und zerrte an ihm. Doch der Erdspalt verschloss sich zusehends und drohte, meinen Freund zu verschlucken.

Mit einem Schluchzer der Verzweiflung und mit aller Kraft, die ich aufbringen konnte, stemmte ich mich gegen einen Erdhügel und riss an Jontes Armen.

Ich stolperte rückwärts und fiel längs auf den Waldboden, als Jonte mit einem Ruck aus dem Erdspalt rutschte.

»Merkst du was?«, fragte Jonte nach einer ganzen Weile, in der wir laut nach Luft schnappend auf dem Waldboden gelegen hatten. Er deutete über uns in den Sternenhimmel hinauf. »Die Nachtschatten sind fort. Der Finsterwald ist nicht länger finster, auch nicht mitten in der Nacht.« Dann drehte er seinen Kopf zu mir herüber. »Ich frage mich nur, wie du das Rätsel lösen konntest.«

Mit einem Ruck setzte ich mich auf. »Wie spät ist es, Jonte?«

»Oh nein!« Jonte starrte mich panisch an und sprang auf. »Los, Elin. Los! Wir haben nur noch wenige Minuten Zeit.«

»Aber das können wir doch gar nicht schaffen. Du weißt, wie weit der Hinweg war«, rief ich Jonte hinterher, der bereits in Richtung Osten rannte.

Irgendwann blieb er verzweifelt stehen. Noch immer waren wir im Finsterwald und von Molas Haus oder dem Trugbrunnen war weit und breit nichts zu sehen.

Jonte blickte auf seine Uhr und sah mich dann erschüttert an. »Elin«, flüsterte er, Tränen schimmerten in seinen Augen. »Wir haben nur noch drei Minuten. Ich fürchte, es ist zu spät.«

Ich ließ mich auf den Waldboden sinken und verbarg mein Gesicht in meinen Armen. Jonte sollte meine Verzweiflung, meine Angst nicht sehen.

»Oooh, schau doch, Elin«, rief Jonte plötzlich und hüpfte aufgeregt um mich herum. Im Finsterwald wurde es auf einmal taghell. Silberhell.

Der Silbervogel hatte uns gefunden und kam direkt auf mich zu.

Mit einem Satz sprang ich auf, und als der Silbervogel mich mit seinen samtweichen Federn umfing und hoch in die Lüfte hob, fühlte ich, wie alle Angst davonflog.

Ich schwebte, nur wenige Augenblicke lang, dann setzte der Silbervogel mich unter einem Busch ab und segelte davon.

»Jonte?«, flüsterte ich, aber ich war allein.

Plötzlich erkannte ich den Ginsterbusch. Hier hatte ich mich mit Jonte und Sternenwind vor den Nachtschattenvögeln versteckt, nachdem Jonte von der Schlange im Trugbrunnen gebissen worden war.

Der Trugbrunnen. Der Silbervogel hatte mich direkt zu ihm gebracht. Ich zog das Schwert der Träume aus meiner Gürtelschlaufe und hechtete zum Brunnen. Schwarzen Schatten gleich zogen die Schlangen noch immer durchs Wasser, als ich das Schwert hineintauchte. Es sank langsam auf den Grund des Brunnens und blieb dort silbrig glänzend liegen.

Wiedersehen

Der Weg über die Wiesen und Felder zu Molas Haus hatte sich wohl für immer in meinem Gedächtnis festgeschrieben. Ich lief und lief und Tränen rannen mir über das Gesicht.

Das Schwert der Träume war in allerletzter Sekunde ins Brunnenwasser zurückgekehrt. Mein Leben hatte an einem seidenen Faden gehangen, das wurde mir immer mehr bewusst. Und ich dachte an Jonte und hoffte, dass der Fluch auf seinem Arm ebenso erloschen war.

Bei jedem Windhauch blickte ich ängstlich zum Horizont und hielt nach den großen schwarzen Vögeln Ausschau. Ich konnte einfach nicht glauben, dass es keine Nachtschattenvögel mehr gab.

Schon von Weitem sah ich das Licht in Molas Haus brennen und ich lief schneller und schneller.

»Mola!«, rief ich immerzu. Und irgendwann hatte sie mich gehört. Sie stieß die Haustür weit auf und stand mit ausgebreiteten Armen auf der Türschwelle, um mich zu empfangen.

»Ihr seid zurück«, flüsterte sie immer wieder und betastete mein Gesicht.

»*Ich* bin zurück, Mola«, verbesserte ich sie.

»Wo ist der Junge?«, fragte die alte Frau mit zittriger Stimme und ihre blinden Augen suchten die Nacht ab.

»Er hat einen längeren Weg, aber er wird auch hierherkommen, da bin ich mir ganz sicher«, beruhigte ich sie.

»Hoffentlich«, wisperte Mola. »Komm, Kind. Du musst mir alles erzählen«, sagte sie und ging voran ins Haus. Sie ließ Wasser in den Kessel laufen und hörte sich schweigend meinen hastigen Bericht an.

Immer wieder lief ich nach draußen, um nach Jonte Ausschau zu halten. Voller Ungeduld wartete ich auf ihn und versuchte mir vorzustellen, wo er wohl gerade war.

In dem Moment, als Mola mir einen Teller heiße Suppe auf den Tisch stellte, klopfte es zaghaft an der Tür.

»Mola«, hörte ich Jontes Stimme leise sagen. »Mola, es ist alles so furchtbar.«

»Was ist denn geschehen?«, rief ich entsetzt und stürmte zur Tür.

»Du lebst?« Jonte blickte mich so ungläubig an, als wäre ich ein Geist. Sein Gesicht war fürchterlich verweint, seine Augen rot geschwollen.

»Ja, sieht ganz so aus«, sagte ich lächelnd und fiel meinem Freund Jonte freudig um den Hals. Doch plötzlich schreckte ich zurück.

»Jonte, was ist mit deinem Arm?«, flüsterte ich, als ich die schuppige Schlangenhaut fühlte.

»Deshalb ja. Als die Minuten verstrichen und mein Arm sich nicht zurückverwandelte, dachte ich, du seist …«, stammelte Jonte und schluckte schwer.

»Ach du armer Junge.« Mola zog Jonte ins Haus und schloss die Tür. Sie wischte ihm mit einem Geschirrtuch die Tränen aus dem Gesicht. »Weißt du denn nicht, dass eine Schlange bis zu zehn Tage benötigt, um sich zu häuten? Du wirst noch ein wenig Geduld haben müssen.«

Verblüfft sahen Jonte und ich uns an. Und dann fielen wir uns erleichtert und lachend in die Arme.

Wir aßen Suppe mit Brot und schilderten Mola abwechselnd unser Abenteuer im Finsterwald. Sie lauschte aufmerksam unseren Erzählungen.

Als wir von der Ratte berichteten, die mit uns in Atienos Verlies gefangen war, nickte Mola immerzu wissend.

»Die Ratte behauptete, dass sie früher ein Nachtschattenvogel gewesen war und dass ein Mensch das Schwert der Träume gegen sie erhoben hat«, erzählte ich.

Mola flüsterte: »Oh ja. Und diesen Mann, der damals

das Schwert gegen den Nachtschattenvogel erhoben hat, den kannte ich gut. Sein Name war Loke.«

Ich horchte auf. *Loke.* Diesen Namen hatte ich schon einmal gehört und zwar erst vor wenigen Tagen.

»Loke!«, rief ich. »Dieser Name stand auf dem Grabstein, über den ich auf dem Friedhof gefallen bin.«

»Was kein Zufall ist«, sagte Mola bedächtig. Sie sah mich lange schweigend an. »Loke war ein feiner Kerl. Einer, den jeder zum Freund haben wollte. Er verbrachte seine Zeit immer öfter hier im Reich Hinter der Morgenröte. Eines Tages hatte er eine hübsche junge Frau dabei und sie waren glücklich bei uns. Doch dann waren sie für lange Zeit fort. Sehr lange. Als er zurückkam, war die junge Frau nicht mehr bei ihm, dafür aber ein Säugling. Dort, von wo er kam, musste etwas Schlimmes geschehen sein. Aber was genau, das weiß hier niemand. Loke selbst konnte sich nicht mehr daran erinnern, als er das Reich Hinter der Morgenröte betrat. Es heißt, dass diejenigen, die von drüben kommen, alles Schlimme vergessen. Nur der Silbervogel erinnert sie an das Zurückkehren nach drüben. Aber Loke blieb. Er reiste nicht mehr zurück.« Mola stockte und verzog gequält das Gesicht. »Das Kind war noch winzig klein, vielleicht ein oder zwei Jahre alt, als er hier bei mir in der Küche saß, so wie ihr zwei heute. Loke hatte das Schwert der Träume aus dem

Trugbrunnen gehoben und wollte, dass ich auf das Kind aufpasse, während er zu Atieno geht. Warum er es sich in

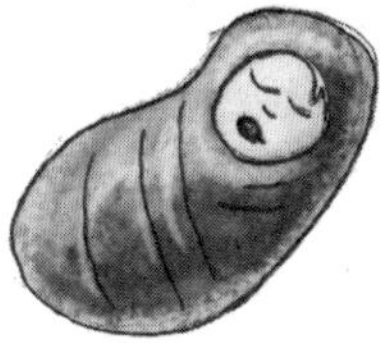

der Nacht anders überlegt hat, weiß nur er. Jedenfalls wickelte er das schlafende Kind in Tücher ein und band es sich auf den Rücken. Danach habe ich ihn nie wiedergesehen.«

Mola stand auf und füllte Tee in eine Tasse. Vielleicht waren es ihre schwachen Augen, vielleicht aber auch ihr Zittern, warum sie den Tee verschüttete.

»Irgendwann machte die Nachricht die Runde, dass Loke das Schwert der Träume gegen einen Nachtschattenvogel erhoben hatte. Das war für uns alle völlig unbegreiflich, denn jeder wusste, dass das den sicheren Tod bedeutete. Erst sehr viel später erfuhren wir, warum er es dennoch getan hatte.«

Mola blickte aus ihren blinden Augen in meine Richtung und dicke Tränen rannen über ihre Wangen. »Es gab kein Entkommen. Der Nachtschattenvogel hätte ihn sicher getötet. Aber nicht nur ihn. Sondern auch das Kind, das er bei sich trug. Indem er das Schwert der Träume gegen den Nachtschattenvogel erhob, hat Loke sein eigenes Leben geopfert, um das seines Kindes zu retten.«

Ergriffen sah ich Jonte an. Auch er hatte aufgehört, seine Suppe zu löffeln und lauschte Mola mit offenem Mund.

»Was wurde aus dem Kind?«, fragte ich. »Hat es überlebt?«

»Es heißt, der Silbervogel hätte das Kind aus dem Wald geholt. Die Heimliche Kaiserin selbst habe dann später den Säugling zu den Menschen gebracht. Niemand hat von dem Kind je wieder gehört, bis …«

»Bis?«, fragten Jonte und ich gespannt.

»Bis vor einigen Tagen – als du zu uns zurückgekehrt bist«, sagte Mola und streckte ihren Arm aus, um über meine linke Hand zu streicheln.

»Ich verstehe nicht, Mola. Was habe ich damit zu tun?«, fragte ich verwirrt.

»Begreifst du denn nicht?«, fragte Mola erstaunt. »Du bist Lokes Tochter.«

Wie vom Donner gerührt sprang ich auf und lief zum Fenster. Ich sah hinaus über die Felder und Wiesen, bis hin zum Finsterwald. »Das kann gar nicht sein«, flüsterte ich. »Du musst dich irren.«

»Dieses silbrig glänzende Mal auf deiner Hand«, fuhr Mola fort und stand auf. Sie nahm meine Hand in ihre alten, faltigen Hände. »Es beweist, dass du Lokes Tochter bist. Solch ein Mal entsteht, wenn man von den Flügeln eines Nachtschattenvogels gestreift wird. Der Vogel muss euch schon sehr nah gewesen sein, als Loke das Schwert gegen ihn erhob und damit dein Leben rettete.«

Der Auftrag der Kaiserin

Durch Sternenwinds lautes Wiehern wurde ich aus meinem Schlaf gerissen. Jemand hatte das Fenster in dem kleinen Zimmer geöffnet. Ich setzte mich auf und blinzelte, denn die Sonne schien mir direkt ins Gesicht. Es war ein herrlicher Morgen. Der warme Wind bauschte die Gardinen auf. Ich ließ mich zurück in die Kissen fallen und betrachtete nachdenklich das Muttermal auf meiner linken Hand. Es war länglich und halbrund und wenn man es ins Sonnenlicht hielt, schimmerte es silbern. Ich dachte über die Geschichte nach, die Mola uns in der vergangenen Nacht erzählt hatte.

»Loke«, flüsterte ich.

»Du bist wach«, sagte Jonte, der leise die Zimmertür geöffnet hatte. »Das ist gut, denn ich möchte bald los, zurück zu Mats. Wir sollten ihn nicht länger warten lassen. Ich will mir gar nicht vorstellen, welche Sorgen er sich in den letzten Tagen gemacht hat.«

»Und dein Arm?«, fragte ich vorsichtig. Jonte kam näher und schob seinen Ärmel hoch. Noch immer war seine Haut mit einer schwarzen schuppigen Schlangenhaut überzogen.

»Siehst du, dass die Ränder der Schuppen weiß werden?« Jonte hielt mir seinen Arm näher vors Gesicht. »Die oberste Hautschicht beginnt abzusterben, sagt Mola. Nur noch wenige Tage und ich kann meinen Arm aus dieser Schlangenhaut herausziehen.« Jonte strahlte und ich sah ihn glücklich an. Es war schwer zu sagen, was an diesem Morgen heller leuchtete. Die Sonne, seine blonden Wuschelhaare oder sein grinsendes Gesicht.

»Guten Morgen, Elin«, rief Mola fröhlich, als ich in die Küche kam. »Ich hoffe, du hast nach all den Nachrichten der vergangenen Nacht gut geschlafen?«

»Wie ein Murmeltier.« Ich gähnte und nahm eine Tasse vom Regal, um mir Milch einzugießen.

»Mola, wir wollen gleich aufbrechen«, sagte Jonte.

»Ja, das habe ich mir gedacht. Mats wird sicher ungeduldig auf eure Rückkehr warten. Ich hoffe, dass meine Nachricht ihn erreicht hat und er zumindest wusste, was ihr vorhattet. Auf Kobolde ist nicht unbedingt Verlass. Doch immerhin können sie durch unterirdische Höhlen wandern und waren somit vor den Angriffen der Nachtschattenvögel geschützt.« Mola lächelte uns warmherzig an. »Geht, Kinder. Geht nun. Aber kommt eines Tages wieder, hört ihr? Vergesst die alte Mola nicht.«

Ihre Worte trieben mir Tränen in die Augen. »Nie, Mola. Nie werden wir dich vergessen!«, rief ich und stürmte zu ihr, um sie zu umarmen.

»Du bist genau so ein herzlicher Mensch, wie dein Vater es war«, flüsterte Mola und streichelte mir zärtlich über die Wange.

Jonte versteckte seinen Arm diesmal im Jackenärmel und Sternenwind kam sogleich über die Koppel getrabt, als er ihn rief. Wir winkten Mola so lange zum Abschied, bis sie nicht mehr zu sehen war. Bald, ganz bald würde ich sie wieder besuchen. Ich hatte noch so viele Fragen. Wie hatte mein Vater ausgesehen? Wie klang seine Stimme, wenn er lachte? Wie hatte er mich genannt? War Elin der Name, den er mir gegeben hatte?

Sternenwind schien es nicht abwarten zu können, nach Hause zu kommen. Immer schneller trabte er mit uns über die Wiesen und Felder.

Als wir am Trugbrunnen vorbeikamen, reckte Jonte triumphierend seinen rechten Arm in die Höhe. »Mich habt ihr nicht besiegt. Mich nicht!«

Hinter dem Brunnen deutete Jonte auf den Wildbach,

der sich durch die blühenden Wiesen schlängelte. Als hätte auch Sternenwind den Bachlauf entdeckt und damit den Weg nach Hause, flog er förmlich mit uns über die Wiese. Ich klammerte mich an Jonte fest und dann genoss ich das Flattern des Windes in meinen Haaren.

Als wir den Silberwald erreichten, rief Jonte: »Lass uns die Heimliche Kaiserin besuchen.«

Die Tür zum Silberturm stand offen und ich fragte mich, ob die Heimliche Kaiserin uns bereits erwartete.

Dieses Mal stieg ich die vielen Treppen ohne Angst hinauf. Ja, ich konnte es gar nicht abwarten, endlich oben anzukommen und zum Finsterwald hinüberzusehen.

Auch die Flügeltür am oberen Treppenabsatz hatte sich bereits geöffnet. Für einen Moment beschlich mich ein ungutes Gefühl. Der Heimlichen Kaiserin war doch hoffentlich nichts zugestoßen?

Der Turmsaal lag sonnendurchflutet und einsam hoch über dem Reich Hinter der Morgenröte. Die Balkontüren standen weit offen und wieder thronte der weiße Pfau auf der Balkonbrüstung.

»Sieh nur, Elin«, rief Jonte, der zuerst oben angekommen und auf den Balkon hinausgestürmt war. »Sieh dir das an.«

Wir sahen *nichts*. Über dem Finsterwald zog nicht ein

einziger Nachtschattenvogel seine Kreise. Auch war der Finsterwald längst nicht mehr so dunkel wie vor wenigen Tagen. Er schimmerte sogar grünlich unter dem strahlend blauen Himmel.

»Bravo«, flüsterte eine Frauenstimme und wie schon vor einigen Tagen verwandelte sich der weiße Pfau innerhalb weniger Augenblicke in die Heimliche Kaiserin. Sie überprüfte den Sitz ihrer weißen Vogelfedermaske und sah uns dann aus ihren gütigen Augen lächelnd an. »Ihr habt Atieno eine schwere Niederlage beschert«, sagte die Heimliche Kaiserin und schritt in den Turmsaal.

»Wir haben ihn besiegt!«, rief Jonte glücklich.

»Ja, das habt ihr. Ich bin sehr, sehr stolz auf euch und auf euren Mut. Und sorg dich nicht um deinen Arm, Junge. Der kommt schon bald wieder in Ordnung.« Die Heimliche Kaiserin drehte sich zu uns herum. »Aber es wäre gefährlich zu glauben, dass das Reich Hinter der Morgenröte nun ein für alle Mal von den Nachtschatten befreit ist.«

»Nicht?«, riefen Jonte und ich wie aus einem Mund.

»Oh nein«, sagte die Heimliche Kaiserin. »Ihr habt sie geschwächt. Und das sogar sehr. Aber wenn wir nicht achtgeben, wird einer von ihnen erneut einen ersten Finsterwaldbaum wachsen lassen und sie werden beginnen, wieder neue Nester zu bauen.«

Wir sahen uns erschrocken an.

»Seid nicht zu enttäuscht. Dafür gibt es heute keinen Grund. Es ist ein Tag, um zu feiern. Im Moment sind die Nachtschattenvögel ohne Nistplatz und auch Atieno scheint besiegt.«

Ich verstand kein Wort. War Atieno nicht als nackte Ratte im Finsterwald davongekrochen? Und seine Nachtschattenvögel ebenso? Es war doch eigentlich unmöglich, dass diese jämmerlichen Kreaturen wieder so machtvoll werden sollten.

»Grämt euch nicht zu sehr.« Die Heimliche Kaiserin

winkte uns herbei und trat mit uns vor den Spiegel. Sie machte eine elegante Handbewegung und das milchige Glas klärte sich langsam auf.

Diese Menschen hatte ich vor wenigen Tagen schon im Spiegel gesehen. Der speckige Mann, der kaum hinter seiner Zeitung hervorschaute, und die verhärmte Frau ihm gegenüber, die mit einem Seufzer einen struppigen Hund fütterte. Dann sah ich mich. Ich saß traurig am Esstisch und schrieb mit dem Honiglöffel *Elin* aufs Brot.

»Menschen wie diese sind es, die den Nachtschattenvögeln Nistplätze im Reich Hinter der Morgenröte bauen. Jedes kalte, vertrocknete Menschenherz auf Erden kann einen Finsterwaldbaum sprießen lassen.« Die Heimliche Kaiserin machte erneut eine Armbewegung und das Bild im Spiegel verschwamm.

»Ein jeder, der ins Reich Hinter der Morgenröte flüchtet, kennt solche kaltherzigen, Nachtschatten pflanzende Menschen dort, wo er herkommt. Ein jeder«, flüsterte sie. »Ins Reich Hinter der Morgenröte gelangen sie jedoch nie, weil sie nicht an das Gute glauben, weil sie nicht träumen, weil sie keine Fantasie besitzen. Aber genau dadurch bereiten sie den Nachtschattenvögeln Nistplätze in den Finsterwaldbäumen. Nachtschattenvögel, die uns vernichten können.« Die Heimliche Kaiserin seufzte und setzte sich aufs Sofa. Sie winkte mich zu sich heran, als sie sagte: »Deshalb kannst du auch nicht für immer hierbleiben.«

»Ich darf nicht hierbleiben?«, flüsterte ich betroffen.

»Nein, Elin. Du musst zurück in die Menschenwelt. Zurück zu jenen Menschen, die du dort gerade gesehen hast. Dann und wann, damit du den Menschen auf der Erde nicht für immer im Reich Hinter der Morgenröte verloren gehst. Wir Geschöpfe von hier haben einen ganz bestimmten Auftrag. Dein Auftrag ist es, den ungeliebten Menschenkindern deine Geschichte zu erzählen. Du musst deine Geschichte aufschreiben, Elin. Alles. Es ist ganz, ganz wichtig, dass du nichts auslässt. Auch nicht das, was du nur von den Berichten der alten Mola weißt.«

Ich sah Jonte an, der genauso erschrocken war wie ich. Tränen schossen mir in die Augen. »Aber ich will nicht dorthin zurück. Ich weiß nicht warum, aber es scheint furchtbar und trostlos zu sein.«

»Ja, das mag sein. Es ist schlimm für dich und auch für mich.« Die Heimliche Kaiserin rückte ihre Maske zurecht. »Doch du musst nicht für immer fort von hier. Wenn du deine Geschichte aufgeschrieben hast, dann rufe den Silbervogel. Er kann dich jederzeit zurückholen. Zurück ins Reich Hinter der Morgenröte.«

»Wird Jonte auch gehen müssen?«, fragte ich.

»Jonte hat eine andere Geschichte als du. Jeder hat seine

eigene Geschichte, weil sich Geschichten im Leben nie wiederholen. Jonte muss nicht zurück – denn sein Leben ist hier im Reich Hinter der Morgenröte entstanden. Du, Elin, hast es entstehen lassen mit deinen Geschichten, in denen du dir einen besten Freund gewünscht hast. Einen Freund, so alt wie du.«

In meinem Kopf schwirrten die Gedanken wie ein Schwarm Schmetterlinge durcheinander. Noch immer hielt ich Jontes Arm fest umklammert, als die Heimliche Kaiserin mich lächelnd ansah und meinte: »Nun, vielleicht solltest du nicht sofort aufbrechen. Der Silbervogel wird dich in drei Tagen von der gleichen Stelle wieder forttragen, an der er dich abgesetzt hat.«

Ich nickte tapfer und wischte mir die Tränen von den feuchten Wangen. Drei Tage. Das war zumindest noch etwas Zeit.

»Ich würde ja zu gerne wissen, warum du mir nie geantwortet hast, wenn ich dich hier im Turm besucht habe«, sagte Jonte und blickte die Heimliche Kaiserin fragend an. »So oft war ich hier und wollte dich nach dem Weg zu Atieno fragen. Aber du hast immer geschwiegen.«

Die Heimliche Kaiserin lächelte. »Ich habe auf Elin gewartet. Ihre Ankunft im Reich Hinter der Morgenröte rückte immer näher und zu zweit ist man stärker und mutiger.«

Als wir den Turmsaal schon verlassen hatten, stürmte ich noch einmal zurück. »Heimliche Kaiserin?«, rief ich. »Der Silbervogel, das bist du, nicht wahr?« Aber die Heimliche Kaiserin hatte sich schon wieder in den weißen Pfau zurückverwandelt.

Der Schlüssel

Es war ein sonderbares Gefühl, ohne Angst vor den Nachtschattenvögeln auf Sternenwinds Rücken durch den Silberwald zu traben. Immer wieder hielt ich nach den Schatten der unheimlichen Greifvögel oder nach nackten Ratten Ausschau und Jonte ging es genauso. Doch glücklicherweise entdeckten wir weder das eine noch das andere.

Wir kamen am alten Mühlrad vorbei und durchquerten Felder und Wiesen. Als wir durch die Felsenschlucht ritten, betrachtete ich die Murmelquelle mit einem sonderbaren Gefühl. Wie ruhig und schwarz das Wasser dalag.

In dem kleinen Wald hinter dem Friedhof sangen die Vögel und der warme Wind raschelte in den Blättern. Über die Friedhofsmauer rankten wilde Brombeeren und der Apfelbaum trug schneeweiße Blüten. Noch bevor wir das Weidetor erreichten, hatte Mats uns schon entdeckt. Er hatte vor dem Haus gesessen und sprang nun wie ein junges Fohlen über den Hof, um uns entgegenzulaufen.

»Jonte! Elin!«, rief er immer wieder. »Sternenwind.« Immerzu rieb er sich über sein faltiges Gesicht, als traue er seinen alten Augen nicht.

»Ihr seid zurück. Ihr seid wirklich zurück«, murmelte er, als er uns nacheinander von Sternenwinds Rücken hob.

»Mats«, rief Jonte erleichtert und fiel dem alten Mann um den Hals.

»Als ich Molas Nachricht erhielt, bin ich fast verrückt vor Sorge geworden.« Plötzlich schob Mats Jonte erschrocken von sich und starrte auf seinen Schlangenarm. »Jonte!«

»Sorg dich nicht, Mats«, sagte Jonte rasch. »Die Schlangenhaut verschwindet bald wieder.«

»Das hoffe ich … Aber nun kommt erst mal rein, kommt.« Mats zog uns mit sich ins Haus. »Ihr müsst mir alles erzählen.«

Wir saßen den ganzen Abend am Kaminfeuer und berichteten Mats abwechselnd von unseren Abenteuern. Jonte kraulte Lasko dabei die ganze Zeit das Fell hinter den Ohren. Als wir von der alten Mola erzählten, zog Mats die Augenbrauen hoch.

»Mola, gute alte Mola«, murmelte er und starrte ins Kaminfeuer. »Sie wäre damals beinahe verrückt geworden vor Selbstvorwürfen. Immer wieder sagte sie: *Hätte ich*

Loke doch nur überredet, das Kind nicht mitzunehmen. Wochenlang hat sie nur diesen einen Satz von sich gegeben. Doch sie war sich sicher, dass sie das Kind eines Tages wiedersehen würde. Seit dem Vorfall vor fast zehn Jahren hat sie das Reich Hinter der Morgenröte nicht mehr verlassen.«

Tränen rollten mir über die Wangen. Mola, gute alte Mola. »Sie hat mir alles erzählt, Mats. Ich weiß, dass Loke mein Vater war und dass er das Schwert der Träume gegen einen Nachtschattenvogel erhoben hat, um mich zu retten.«

Mats nickte. »Ja, eine furchtbare Geschichte war das damals. Loke hat uns allen so sehr gefehlt. Ich vermisse ihn noch heute. Manchmal, wenn ich an seinem Haus vorbeikomme, dann wünsche ich mir, er würde wieder auf der Bank davor sitzen und das kleine Mädchen laut lachend auf seinem Schoß wiegen.« Mats seufzte. »Aber seit fast zehn Jahren sind dort die Fenster mit Brettern vernagelt und kein Lichtschein, kein Lachen und kein Singen dringt mehr daraus hervor.«

»Wo ist es, Mats?«, fragte ich aufgeregt. »Wo ist das Haus meines Vaters?«

»Nicht weit von hier. Dort hinten den Fußweg entlang zum Nixenweiher. Fünf Minuten vielleicht.« Mats stand auf und ging zum Schlüsselbrett neben der Tür. Mit schlurfenden Schritten kam er zurück und überreichte mir einen verrosteten, alten Schlüssel. »Das ist der Schlüssel zum Haus deines Vaters. Gleich nach Sonnenaufgang brechen wir auf.«

Ich konnte vor Aufregung kaum schlafen. Immer wieder holte ich den alten Schlüssel unter dem Kopfkissen hervor und drehte ihn im blassen Mondlicht hin und her. Erst als die Vögel ihr Morgenlied anstimmten, fielen mir die Augen zu. Doch schon das leise Klappern in der Küche weckte mich wieder auf.

Die aufgehende Sonne tränkte den Himmelssaum in ein silbernes Licht. Ich hörte Sternenwind im Stall laut schnauben. Sicher war auch er von dem Vogelgezwitscher aufgeweckt worden.

Mats kochte sich gerade einen Kaffee und sah mich überrascht an, als ich in Socken in die Wohnstube schlich. »Nanu? Du bist schon wach? Ich dachte, nach den ganzen Abenteuern schläfst du dich erst mal drei Tage aus.«

»Drei Tage?«, fragte ich erschrocken, denn mir fielen die Worte der Heimlichen Kaiserin wieder ein. Bald schon, bald würde der Silbervogel mich fortbringen von hier.

»Sag mal, Mats?«, flüsterte ich, um den auf dem Sofa schlafenden Jonte nicht zu wecken. »Was glaubst du, warum die Heimliche Kaiserin ihr Gesicht verhüllt?«

Mats setzte sich an den Esstisch und schlürfte seinen dampfenden Kaffee. »Das habe ich mich auch schon oft gefragt, Elin. Es hat sicher etwas damit zu tun, woher sie kommt. Bestimmt weißt du, dass viele von uns nicht hier im Reich Hinter der Morgenröte geboren wurden.«

Ich nickte. »Ja, die Heimliche Kaiserin hat mir gezeigt, wo mein anderes Zuhause ist.«

»Die Heimliche Kaiserin ist die Einzige, die von drüben kommt und die das Reich Hinter der Morgenröte nie verlässt. Jedenfalls nicht, um dorthin, woher sie auch immer kommt, zurückzukehren. Das sagt man sich hier. Was an diesem Ort auch geschehen sein mag, es muss so schrecklich gewesen sein, dass sie dort vergessen sein will. Es heißt, sie will sich selbst vergessen. Daher diese Maske. Aber das ist nur, was man sich erzählt.« Mats schob mir die Milchkanne herüber und eine leere Tasse.

»Und du, Mats? Gehst du zurück?«, fragte ich und goss etwas Milch ein.

»Nein«, antwortete Mats und lächelte mich geheimnisvoll an. »Irgendwer muss mich in einer Geschichte erfunden haben. Aber ich wäre den Menschen auch nicht von großem Nutzen. Wenn Alte erzählen und fantasieren, dann ist das nur Spinnerei. Ich habe den Menschen nicht viel zu geben. Ganz im Gegensatz zu dir. Denn die Träume der Kinder sind die Seele der Welt.«

Das Haus des Vaters

»Seht euch das an!«, rief Jonte, als er aufwachte.

Mats und ich sprangen auf und stürmten zu Jonte hinüber. Nur Lasko kauerte sich hinter den Sessel, denn Jonte hielt seinen Schlangenarm hoch in die Luft. Doch die Haut war längst nicht mehr so schwarz und glänzend wie in den letzten Tagen. Es war, als würden sich die Schuppen allmählich weiß färben und austrocknen. Vertrocknet fühlten sie sich jedoch nicht an, sie waren immer noch warm und seidig weich.

»Hier«, flüsterte Jonte und deutete auf eine Stelle an seinem Unterarm, an der die Schlangenhaut aufgeplatzt war.

Unter dem schmalen Riss konnte man Jontes Arm erkennen. Er war so, wie er vor dem Schlangenfluch ausgesehen hatte.

»Jippieh«, rief ich und hüpfte mit Jonte tanzend durchs Wohnzimmer.

»Das sind wirklich gute Neuigkeiten«, sagte Mats, als wir kichernd aufs Sofa fielen.

Wenige Minuten später holten wir Sternenwind aus dem Stall und brachten ihn auf eine kleine Weide hinter dem Haus. Ich sah Sternenwind zu, wie er über die Wiese rannte und jeden einzelnen Grashalm zu begrüßen schien.

»Dann mal los«, rief Mats und winkte uns zu sich auf einen kleinen Feldweg, der hinter dem Haus durch Wiesen und Felder entlang zum Nixenweiher führte.

Es waren tatsächlich nur wenige Minuten Fußweg und schon sah ich das Sonnenlicht auf dem Nixenweiher glitzern. Ich entdeckte eine Libelle, die tiefe Kreise über dem Teich zog.

»Dort ist es«, sagte Mats und zeigte auf ein altes Haus, dessen Fenster mit Brettern zugenagelt waren. Früher hatte das Haus bestimmt einmal sehr hübsch ausgesehen, aber nun blätterte die rote Farbe von den Holzwänden und das Weiß der Fenster und Türen war unter einem schmutzig grünen Moosschleier versteckt. An der Regenrinne schlängelte sich Efeu bis hinauf aufs löchrige Dach.

»Da hat mein Vater also gewohnt«, flüsterte ich und wagte es kaum, näher zu gehen.

»Und deine Mutter. Aber sie war leider nicht oft hier.« Mats stieg die Stufen zum Haus hinauf und bedeutete mir aufzuschließen.

Ich zögerte und drehte den Schlüssel meines Vaters aufgeregt in den Händen.

»Trau dich, Elin. Es ist hübsch dort drinnen. Vielleicht ein bisschen staubig.« Mats lächelte mir aufmunternd zu und zerrte dann an dem Holzbrett, das vor das kleine Fenster neben der Haustür genagelt war.

»Soll ich?«, fragte Jonte und streckte mir seine Hand entgegen. Dankbar legte ich den verrosteten Schlüssel hinein.

Jonte steckte ihn ins Schloss und ich war einen Augenblick lang überrascht, dass der Schlüssel wirklich dort hineinpasste.

Mit einem ausgedehnten Quietschen sprang die Haustür auf und einige Spinnweben durchzogen den Türrahmen.

»Wie gesagt«, rief Mats lachend. »Es könnte etwas staubig sein.«

Es *war* staubig. Und wie. Doch es war wunderschön. Vielleicht lag es daran, dass es das Haus meines Vaters war. Denn eigentlich war es nichts Besonderes. Eher winzig. Eine kleine Küche, in der eine Kaffeetasse auf der Spüle stand, als hätte sie soeben jemand ausgewaschen. In kleinen Tontöpfen hingen trostlos die verdorrten Überreste von Küchenkräutern. Dahinter ein Wohnzimmer mit einem Sofa, das unter der dicken Staubschicht maigrün war. Im Kamin lag noch die Asche vom letzten Feuer.

Mit jedem Brett, das Mats von den Fenstern riss, schien mehr Licht ins Haus und die Staubkörner tanzten in den Sonnenstrahlen.

»Dein Vater muss viel gelesen haben«, meinte Jonte beeindruckt beim Anblick all der Bücher.

Und es stimmte. Das Haus war voller Bücher. Es gab sie wirklich überall: auf dem Kaminsims, neben dem Sofa zu kleinen Türmen aufgestapelt und sogar unter einem Stuhl, um das fehlende Stuhlbein zu ersetzen. Die Regale hinter dem Sofa bogen sich regelrecht unter der Last der Bücher.

Gerade als ich den Staub von einigen Buchrücken wegpustete, vernahm ich von oben ein Geräusch.

»Jonte, hast du das auch gehört?«, flüsterte ich und ging langsam rückwärts zur Haustür. Wir waren nicht allein im Haus. Die Angst kroch meine Arme hinauf und schnürte mir die Kehle zu.

»Ja …« Vorsichtig schlich Jonte auf Zehenspitzen zu der schmalen Treppe. »Hallo? Ist da jemand?«, fragte er halblaut in die Dunkelheit.

»Elin, Jonte?«, rief Mats von draußen. »Ist alles in Ordnung?«

»Mats?«, gab ich halblaut zurück. »Mats, da ist jemand im Haus.«

»Unsinn«, meinte Mats, dennoch kam er zu uns herein und sah sich um.

»Das Geräusch kam von oben«, sagte Jonte leise.

»Dann werden wir mal nachsehen.« Mats stapfte entschlossen mit schweren Schritten die Treppe hinauf.

Ich hörte, wie er Türen aufstieß und »Ist hier jemand?« rief. Dann wurde es plötzlich gespenstisch still.

Drei Tage wie drei Stunden

»Seht mal, wer sich hier oben versteckt hat«, rief Mats nach einer halben Ewigkeit. Er kam die Treppe heruntergestiegen und hielt ein Pelzknäuel in den Armen.

»Eine Katze?«, fragte ich erstaunt und betrachtete erleichtert das schwarz-weiß getigerte Tier in Mats' Armen.

»Ja, eine Katze. Ich vermute, dass es Lokes Katze ist«, meinte Mats.

»Aber wie soll sie die ganzen Jahre hier überlebt haben?«, fragte Jonte skeptisch.

Mats setzte die Katze auf den Fußboden. Wie der Blitz huschte sie zur Hintertür und zwängte sich durch eine kleine Katzenklappe. »Das wäre dann wohl geklärt«, rief Mats und lachte.

Nachdem Mats die Fenster von den Holzbrettern befreit hatte, wollte er eine Leiter holen, um die oberen Fenster zu öffnen, und lief nach Hause.

Doch ich konnte hier nicht weg. Noch nicht. Ich schlug alte, in Leder eingebundene Bücher auf und fand handgeschriebene Geschichten. Vermutlich hatte mein Vater sie niedergeschrieben. Aus einem Buch fiel mir eine zerknitterte Schwarz-Weiß-Fotografie entgegen. Sie zeigte ein junges Paar. Er war ein großer dunkelhaariger Mann und sie eine zierliche und silberblonde Frau, die offenbar ein Kind erwartete. Die beiden lächelten so glücklich in die Kamera.

»Sind das deine Eltern?«, fragte Jonte, der mir über die Schulter blickte.

»Ich weiß nicht«, flüsterte ich und strich über das Bild.

»Es kann eigentlich gar nicht anders sein. Guck doch mal, wie ähnlich du der Frau siehst«, erklärte Jonte.

Ich steckte das Foto in meine Hosentasche und stellte das Buch zurück ins Regal.

Oben gab es nur zwei Räume und ein Badezimmer. In einem Zimmer stand ein großes Bett und drum herum lagen Bücher über Bücher. Auf einem der Stapel stand hoch oben eine Kaffeetasse.

Als ich die Tür zu dem anderen Zimmer aufstieß, stockte mir der Atem. Es war ein Kinderzimmer. In der Mitte des Raumes stand ein kleines Kinderbett und vor dem Fenster hing ein Mobile, an dem handgeschnitzte Elfen schwebten. In den Regalen lagen winzige Kleidungsstücke.

»Das war dein Zimmer«, flüsterte Jonte und gab den Elfen einen sanften Schubs, die sich daraufhin lustig im Kreis drehten.

»Das *ist* mein Zimmer«, verbesserte ich ihn.

Auch den nächsten Tag und den übernächsten verbrachten Jonte und ich im Haus meines Vaters. Wir klopften den Staub aus den Sofakissen und entfernten all die Spinnweben. Ich las in den Büchern meines Vaters. Stunde um Stunde. Es waren herrliche Geschichten und manchmal meinte ich beim Lesen, seine Stimme leise flüstern zu hören.

Dann machten wir uns auf die Suche nach der Tigerkatze, doch wir fanden sie nicht. Erst als wir am letzten Abend das Haus hinter uns abschlossen, saß sie auf der vorderen Veranda.

»Hey, Katze«, flüsterte ich und hockte mich vorsichtig auf den Bretterboden. Langsam tastend schlich die Katze auf ihren samtweißen Pfoten näher und näher, bis ich sie berühren konnte. Ich spürte, wie schnell ihr Herz schlug, und redete leise und beruhigend auf sie ein. »Wie heißt du denn, Katze? Was hast du nur all die vielen Jahre ganz allein hier gemacht?« Bei der Vorstellung, dass die Katze fast zehn Jahre lang auf Lokes Rückkehr gewartet hatte, wurde ich schon wieder traurig.

»Leider muss auch ich fort, Katze«, flüsterte ich. »Denn ich habe einen Auftrag der Heimlichen Kaiserin, den ich erfüllen muss. Aber ich beeile mich und komme bald, bald wieder. Versprochen.«

Die Katze maunzte leise, als hätte sie mich verstanden.

Als der Abend dämmerte, war die Stunde des Abschieds gekommen.

»Ich verstehe nicht, wie diese drei Tage so schnell vergehen konnten«, murmelte ich bekümmert.

»Manchmal erscheinen uns drei Tage wie drei Jahre. Unendlich lang. Und manchmal fühlt es sich an, als wären es weniger als drei Stunden. Besonders, wenn wir uns lange darauf freuen. Worauf es aber ankommt, ist das, was wir in diesen drei Tagen getan haben«, sagte Mats, umarmte mich fest und versprach mir, das Haus meines Vaters in meiner Abwesenheit zu reparieren.

»Und ich werde ihm helfen und nach der Katze sehen«, fügte Jonte hinzu.

»Und gib ihr bitte einen Namen«, sagte ich.

»Stimmt«, meinte Mats nickend. »Denn was einen Namen hat, kann uns nicht so schnell verloren gehen.«

Wir liefen alle drei quer über den Friedhof, vorbei an den grasenden Schafen, die sich nicht für uns interessierten. Nur die beiden Lämmer kamen neugierig angesprungen.

Ich beugte mich herab und streichelte Silberweiß und Rabenschwarz abwechselnd durch das wollige Fell.

»Womit eines bewiesen wäre«, sagte Mats lächelnd, »es kommt nicht auf die Farbe an. Und wären die Nachtschattenvögel bunt gewesen, es hätte nichts an ihrer Gefährlichkeit geändert. Nicht die äußere Farbe macht sie zu guten oder schlechten Kreaturen. Einzig das Herz entscheidet darüber. Merkt euch das gut, wenn ihr neue Freundschaften schließt. Gar mancher kommt im leuchtenden Gewand daher und versteckt darunter ein verkohltes Herz.«

An dem Grabstein, über den ich vor einer Woche gefallen war, blieben wir stehen.

Loke stand darauf. Keine Jahreszahl, kein Nachname. Einfach nur *Loke.*

»Papa«, flüsterte ich und streichelte über den kühlen Grabstein.

»Der Silbervogel. Da kommt er schon, Elin. Sieh nur«, rief Jonte und deutete zum Himmel hinauf.

Tatsächlich. Aus östlicher Richtung näherte sich ein silbernes Licht.

Wir eilten zum Apfelbaum und ich tastete zum hundertsten Mal in meiner Hosentasche nach dem Schatz, den ich aus dem Reich Hinter der Morgenröte mitnehmen wollte. Das Foto meiner Eltern. Ich hielt es fest umklammert. Mit der anderen Hand suchte ich Jontes Hand und deutete auf seinen Schlangenarm. »Beeil dich mit dem Häuten, Jonte. Wenn ich wiederkomme, will ich dort keine einzige Schuppe mehr sehen.«

»Aufheben werde ich sie für dich«, sagte Jonte grinsend. »Beeil du dich mit dem Schreiben und mit allem, was du dort drüben zu tun hast. Beeil dich, Elin. Und komm ganz bald zurück.« Jonte sah mich tapfer lächelnd an, doch ich bemerkte den Kummer in seinen Augen.

Mats legte ihm tröstend eine Hand auf die Schulter.

Das helle Licht des Silbervogels umfing mich und im nächsten Augenblick spürte ich seine samtweichen Federn. Schon verlor ich den Boden unter den Füßen, als ich Jontes Stimme wie aus weiter Ferne hörte: »Elin. Du weißt, wo du mich findest. Ich werde an der Murmelquelle sitzen und flache Kieselsteine über das Wasser springen lassen. Oder im Wildbach fischen und ein Lagerfeuer anzünden. Und ich werde jeden Tag hierher zum alten Apfelbaum auf dem Friedhof sehen und darauf warten, dass der Silbervogel dich eines Tages hier wieder absetzen wird.«

Herumtreiber

Der Silbervogel ließ mich unter dem Apfelbaum im Garten des Nordhuses in Lillelund ab und schlagartig kamen die Erinnerungen an Martha, Ludvig, Pelle und Tante Lucia zurück. Dennoch verkroch ich mich nicht in der Dachkammer über dem Ziegenstall. Nicht sofort.

Zuerst klopfte ich an die Haustür des Nordhuses.

Martha öffnete die Tür und als sie mich sah, rief sie erschrocken über die Schulter nach hinten: »Ludvig! Lucia! Das Gör ist zurück.«

Ludvig ließ seine Zeitung für einen Moment herabsinken und sah mich mit hochgezogenen Augenbrauen an. Dann schüttelte er den Kopf, machte »Tse« und hob die Zeitung wieder vor sein Gesicht.

»Wo warst du?«, rief Martha und ihre Stimme überschlug sich fast.

»Wo wird sie schon gewesen sein?«, antwortete Tante Lucia, die Pelle gerade mit Leberwurst fütterte. »Guck sie dir doch an. Struppiges Haar, Kleidung von was-weiß-ich-wem und ein Pflaster über dem Auge. Herumgetrieben wird sie sich haben. Kommt eben ganz nach ihren Eltern.«

Ich schwieg und setzte mich an den Esstisch, denn ich war hungrig. Unter der Tischplatte zog ich heimlich die Fotografie aus der Hosentasche und strich über die lachenden Gesichter. Ja, Tante Lucia hatte recht. Ich kam ganz nach meinen Eltern und ich war sehr, sehr stolz darauf.

Als ich die Leiter zur Dachkammer über dem Ziegenstall hinaufkletterte, hörte ich Martha in der Küche zu Tante Lucia und Ludvig sagen: »Habt ihr gesehen, wie frech sie gegrinst hat? Sicher hat sie irgendwas angestellt.«

Wenn Martha wüsste, wie nah sie der Wahrheit damit kam, dachte ich.

Ja, ich hatte etwas Unglaubliches, nie Dagewesenes angestellt und noch lange würde man im Reich Hinter der Morgenröte darüber reden. Aber es war so ganz anders als das, was Martha, Tante Lucia und Ludvig sich vorstellen konnten.

Auf dem Dachboden war alles noch so, wie ich es verlassen hatte. Das Heft, in dem ich zuletzt geschrieben hatte, lag offen auf den Sofakissen. Die *Großmanns-Apfelsinen-Handelsklasse-I*-Kiste war schon fast voll. Voll mit

Geschichten aus einer anderen Welt. Eine Welt, in der es keine Marthas, Ludvigs und Tante Lucias gab. Eine Welt, in der ich jeden Tag Abenteuer erlebte. Eine Welt, in der ich einen Freund hatte. Einen Freund, der so alt war wie ich. Das Reich Hinter der Morgenröte.

Ich nahm das offene Schreibheft in die Hand und zeichnete eine dicke Linie unter die letzte Geschichte. Darunter schrieb ich: *Elin und das Schwert der Träume*

Ein Ende und ein neuer Anfang

Nun habe ich, Elin Eriksson, alles, alles aufgeschrieben. So, wie es die Heimliche Kaiserin mir aufgetragen hat. Auch das habe ich erzählt, was ich nur von den Berichten der alten Mola weiß.

Doch mit dem Ende dieser Geschichte fängt alles erst an. Denn jetzt wird es Zeit, zurückzukehren ins Reich Hinter der Morgenröte.

Mein Freund Jonte wird schon ungeduldig auf mich warten. Bestimmt ist er jeden Tag zum Friedhof hinausgelaufen und hat gehofft, dass der Silbervogel mich dort unter dem knorrigen Apfelbaum wieder absetzt.

Heute Abend wird es endlich so weit sein.

Und es wird herrlich! Jonte und ich werden zusammen zur Murmelquelle reiten und die flachen Kieselsteine über das Wasser springen lassen. Wir werden im Wildbach fischen und ein Lagerfeuer anzünden. Wir werden die Heimliche Kaiserin besuchen und die alte Mola. Und wir werden im Haus meines Vaters all die Geschichten lesen, die er selbst aufgeschrieben hat.

Ich weiß nicht, wie lange ich dieses Mal fort sein werde. Aber ich lasse etwas hier: Wenn jemand am Nordhus in Lillelund vorbeikommt, findet er auf dem Dachboden über dem Ziegenstall eine Kiste voller Geschichten, auf der *Großmanns Apfelsinen, Handelsklasse I* steht.

Nur mich, mich wird man dort nicht finden.

Sucht mich nicht.

Ich, Elin Eriksson, bin jetzt zu Hause. Dort, wo das Silberlicht mich in der Frühe wachkitzelt. Dort, wo mein Freund Jonte auf mich wartet. Und all die anderen. Dort, wo mir das Herz vor Glück schneller schlägt.

MIX
Papier aus verantwortungsvollen Quellen
FSC www.fsc.org FSC® C014496

Wagner, Anja:
Elin und das Schwert der Träume
ISBN 978 3 522 50434 8

Gesamtausstattung: Petra Kolitsch
Einbandtypografie: Judith Schumann
Innentypografie und Satz: Judith Schumann
Schrift: Bell MT/Poetica
Reproduktion: HKS-Artmedia GmbH, Leinfelden-Echterdingen
Druck und Bindung: GGP Media GmbH, Pößneck

5 4 3 2 1[0] 15 16 17 18

Leseprobe aus:
Als Madame Minetta aus der Wanduhr fiel …
von Anja Wagner

Zuerst

Es tasten die blassen Gedanken,
silberne Hoffnungen ranken
drüben in weit, weiter Ferne.
Gewartet. Gewacht.
Selbst die finsterste Nacht
verliert nie ihre funkelnden Sterne.

Wache

Sie wartete noch immer.

Ich komme zurück, so wie der Abendstern einmal wieder am Horizont erscheint. Ella rieb ihre müden Augen hinter den Brillengläsern. Das hatte er ihr vor acht Monaten gesagt. Seitdem wachte sie jeden Abend am Fenster und wartete auf die Rückkehr des Abendsterns – und auf ihn.

Am westlichen Horizont, dort, wo die Fabrikschornsteine wie aus knorrigen Pfeifen weiße Rauchsäulen auspafften, war vor einer Stunde die Sonne untergegangen. Die Fensterscheiben der Villen ringsum hatten ihr goldenes Licht gespiegelt und zurückgeworfen. Einzig die dunklen Fenster des alten Hauses mit der Nummer 17b verschlangen gierig die einfallenden Strahlen der Abendsonne, einem weit geöffneten Drachenschlund gleich, der das Feuer schluckt, nicht spuckt. Menschen in feinen Anzügen und mit Aktentaschen unter dem Arm rümpften die

Nase, wenn sie an Haus Nummer 17b vorbeikamen. Dieser Altbau inmitten der neuen und modernen Häuser war ihnen ein Dorn im Auge, wie ein faulender Zahn inmitten eines tadellosen Gebisses.

Es kommt hierauf an, hatte er immer gesagt und sich dabei auf die Brust getippt. *Es zählt nicht die Fassade, sondern das, was drinnen wohnt.*

Nun aber legte sich die Finsternis wie ein in Tinte getränktes Tuch über die Dächer der Lerchenstraße. Dahinter zündete der Hüter der Nacht sein kristallklares Licht an, welches durch winzige Löcher im tiefblauen Samthimmel hindurchschimmerte, als hätte jemand mit einer Nadel Millionen und Abermillionen Mal hineingepikt.

Er liebte die Sterne genauso wie sie. Sie erinnerte sich noch an die Wärme seiner letzten Umarmung und wie er geflüstert hatte: *Sieh dort den Abendstern. Ab morgen wirst du ihn nicht mehr sehen können. Er geht fort, um sich in den Morgenstern zu verwandeln. Doch eines Abends wird er genau dort wieder aufleuchten. Das soll unser Zeichen sein.*

Der Wind pfiff heulend durch den undichten Fensterrahmen und bauschte die Vorhänge auf. Ella fröstelte. Sie zog die nackten Füße unter ihr Nachthemd und schlang die Arme fest um die Knie.

Auf dieses Zeichen wartete sie nun seit sieben Monaten und einundzwanzig Tagen. Seit jener Nacht, in der er fortgegangen war.

Irgendwo im Haus bellte ein Hund und nebenan summte Ma leise ein Schlaflied für Ben. Ma, dachte Ella und seufzte. Sicher vermisste sie ihn auch so sehr. Es war an der Zeit, dass er wiederkam. Schon allein wegen Ben.

Ben wusste nicht viel von ihm. Als er fortging, war Ben winzig klein. Zu klein, um sich an ihn zu erinnern und an das Glück, auf seinem Rücken getragen zu werden. Noch heute musste Ella nur die Augen schließen und schon spürte sie wieder die warme Haut seines Nackens und das Kratzen seiner Bartstoppeln, wenn sie ihre Arme um ihn schlang. Ganz fest hatte sie sich immer an ihn gedrückt und ihren Kopf an seine Schulter gelegt. Das warme Brummen seiner Stimme vermischt mit dem Klang seines Herzschlags hatte sich für immer in ihrem Gedächtnis festgeklebt.

Mas Stimme verstummte, und nur ihre leise schlurfenden Schritte verrieten, dass sie noch da war.

Ella liebte diese stille Stunde. Doch das war nicht immer so gewesen. Früher hatte sie sich in der Dunkelheit gefürchtet. *Wenn die Nacht den Tag verschluckt, fangen alte Mauern an zu flüstern.* Das hatte er immer behauptet und ihr von winzigen Wassergeistern erzählt, die in den morschen Rohren wohnen. *Hör nur, wie sie wieder kichern,* flüsterte er des Nachts, wenn es in den Wänden nur so gluckerte, und strich ihr tröstend dabei übers Haar, bis sie wieder eingeschlafen war.

Jemand legte ihr eine Decke um die Schultern und zog sie an sich. »Es ist an der Zeit, Ella.« Mas Stimme klang müde. Doch schon im nächsten Moment flüsterte sie geheimnisvoll: »Es gibt Aufregendes zu berichten.«

Ella setzte sich auf, mit klopfendem Herzen, und riss sich aus der Versunkenheit in den viel zu dunklen Nachthimmel. »Was denn?« Sie rutschte hastig vom Fußende hinauf quer durchs Bett, zog die Decke bis an die Nasenspitze und verschränkte die Hände hinter dem Kopf. »Nun erzähl schon«, bettelte sie voller Ungeduld.

»Sofort«, sagte Ma und sah gedankenverloren auf einen kleinen Notizzettel, den sie aus der Hosentasche gezogen hatte. »Lass mich nur schnell Clara dazuholen.«

Ella verdrehte die Augen. Clara. Wann würde Ma nur begreifen, dass Clara sich nicht dafür interessierte? Es war kurz vor Claras zwölftem Geburtstag geschehen. Ganz plötzlich hatte sie behauptet, dass Ma sich die Berichte selbst ausdachte. Ella erinnerte sich noch genau an den Streit. An jedes einzelne Wort. Seltsam, wie buchstäblich manches in den Erinnerungen haften blieb.

Und auch jetzt kam Clara wütend ins Zimmer gestapft, ließ ihre Schultasche in die kleine Nische hinter ihrem Bett rutschen, schleuderte ihre Pantoffeln im hohen Bogen bis ans Fenster und setzte sich schmollend auf die Bettkante.

»Clara, du wirst Ben noch aufwecken«, flüsterte Ma warnend, als sie hinter ihnen die Zimmertür schloss.

»Und wenn schon«, entgegnete Clara und gab sich keine Mühe, leise zu sein. Sie pustete sich eine blonde Locke aus dem Gesicht. »Vielleicht möchte Ben deine Geschichten hören. Ich jedenfalls nicht. Da könnte ich ja gleich eins von Ellas Büchern lesen.«

Nie, dachte Ella und betrachtete ihr Bücherregal. Er hatte es selbst gebaut. Eins für Clara und eins für sie. Es war aus Birnbaumholz, und Ella konnte sich nicht entscheiden, was besser duftete. Das Birnbaumholz oder die vielen Bücher in ihrem Regal. Manche Bücher waren neu zu ihr gekommen, dann und wann, in einem Päckchen von Oma. Die meisten ihrer Bücher aber hatte er aus einer seiner Buchkisten gezogen und sie ihr feierlich überreicht. Denn das hatten alle Hufnagels gemeinsam: Sie liebten Bücher und Geschichten und das leise Knistern von bedrucktem Papier.

Auch Clara mochte Bücher, aber nur solche, bei denen alles mit rechten Dingen zuging, denn Clara hatte keine Fantasie. Sie konnte sich nicht einmal vorstellen, den Nachtisch vor der Kartoffelsuppe zu essen, wie sollte sie sich dann ausmalen können, einem weißen Kaninchen zu folgen und ins Wunderland abzutauchen? Nie würde Clara auf die Idee kommen, eins von Ellas Büchern zu lesen. Dummes Zeug, sagte sie immer naserümpfend, wenn sich eins davon in ihr Regal verirrt hatte, und trug es mit spitzen Fingern zurück zu Ella.

»Erzähl schon«, drängelte Ella und zupfte ungeduldig an Mas Ärmel.

Ma holte den kleinen Notizzettel wieder hervor und verkündete: »Er hat auf der Polly-Rosa angeheuert.«

»Auf der Polly-Rosa?«, flüsterte Ella, setzte sich noch aufrechter und stopfte sich das dicke Federkissen in den Rücken.

»Die Polly-Rosa ist ein Dreimaster und ...«, Ma blickte von ihrem Zettel auf und horchte gespannt in die Nacht, als wartete sie auf das Heulen der Gespenster, »ein Piratenschiff.«

»Ein echtes Piratenschiff?« Ella stockte für einen Moment der Atem.

»Wer's glaubt«, zischte Clara, ließ sich rückwärts aufs Bett fallen und zog ihr Buch unter dem Kopfkissen hervor.

Ma sah Clara ein paar Augenblicke lang lächelnd an. Ella war sich nicht schlüssig, ob es ein mitleidiges oder verzweifeltes Lächeln war.

»Was will er denn bei den Piraten?«, fragte Ella und ihre Gedanken schlugen Purzelbäume. »Ist das nicht furchtbar gefährlich? Was, wenn der Käpt'n von seiner Mannschaft verlangt, ein anderes Schiff zu entern? Oder wenn sie in ein Unwetter geraten und auf einer einsamen Insel stranden? Was, wenn ...«

Ma legte ihr den Zeigefinger auf den Mund. »Warum hörst du dir nicht erst einmal an, was er mir gesagt hat?«

Clara schnaubte laut, doch ein kurzer, warnender Blick von Ma ließ sie die Worte, die sie gerade sagen wollte, hinunterschlucken.

»Also: Das Schiff ist wie gesagt die Polly-Rosa und der Käpt'n heißt Sturmhannes.«

Ella hing an Mas Lippen, als diese die sensationellen Nachrichten von ihrem kleinen Notizzettel ablas.

»Polly-Rosa, Käpt'n Sturmhannes«, wiederholte sie wispernd, denn sie wollte sich jedes einzelne Wort einprägen, es für immer und allezeit ins Gedächtnis schreiben. Wie jeden Abend.

»Die Fahrt geht nach Kattalunka und er teilt sich eine Kajüte mit Piet. Außerdem gibt es an Bord einen sprechenden Papagei, der Echo heißt.«

Ma faltete den blassgelben Notizzettel sorgfältig zusammen und stopfte ihn zurück in ihre Hosentasche. Ella wusste, dass Ma sie aufbewahrte. Jeden einzelnen der kleinen Schnipsel, seit fast acht Monaten. Seit dem Tag, an dem er aufgebrochen war und Ma ihnen am Abend von seinen Erlebnissen berichtete.

Manchmal war es nur ein kurzer Gruß gewesen oder ein *Ich habe heute auf einem dicken Stein gerastet und überlegt, in welche Richtung ich am besten weitergehen soll.*

Manchmal war es wie ein Geflüstertes *Ich kann nicht laut reden, denn ich hab mich in einer Höhle vor einem Bären versteckt.* Und manchmal stockte Ella geradezu der Atem vor Spannung. So wie heute. Aber nie gab es keine Nachricht von ihm.

Ma knipste die kleine Leselampe über Ellas Bett aus und drückte ihr einen warmen Kuss auf die Stirn. »Schlaf gut, mein Kind. Und keine heimliche Lesestunde unter der Bettdecke, hörst du?«, sagte sie und zupfte ihr die Brille von der Nasenspitze. Sie ging zum Fenster, blickte für einen Moment hinaus in die Nacht und zog danach hastig die Vorhänge zu.

»Das gilt auch für dich, Clara.« Ma nahm Clara das Buch aus der Hand, legte das Lesezeichen hinein und schob es zurück unter ihr Kopfkissen. »Schlaf gut, Liebes.«

Ma löschte das Licht und schlüpfte leise durch die Zimmertür, die sie hinter sich zuzog, aber nie ganz schloss. Ein kleiner Spalt blieb immer offen, wie ein Schlupfloch gegen die ins Zimmer kriechende Nacht. Manchmal, wenn Ella nicht einschlafen konnte, sah sie Ma durch den Türschlitz hin und her huschen. Oder sie lauschte auf die leisen und vertrauten Geräusche aus der Küche. Ma verbrachte jeden Abend in der Küche, denn ein Wohnzimmer hatten sie nicht.

Die Wohnung der Hufnagels war wohl das mickerigste Zuhause, das man haben konnte, denn eigentlich hatten sie nur eine Küche mit vier Türen. Eine Tür ins Badezimmer, eine Tür ins große Schlafzimmer, in dem Mama und Ben schliefen (und er, als er noch da war), eine Tür ins kleine Zimmer, das Ella und Clara sich teilten. Die vierte Tür führte hinaus ins zugige und immer nach Bohnerwachs riechende Treppenhaus.

Noch nie hatten sie Besuch gehabt. Wo sollte der auch sitzen? Es gab genau fünf Stühle in der Küche, für jeden von ihnen einen. Sein Stuhl blieb nun schon seit langer Zeit leer, aber keiner von ihnen setzte sich dort hin. Noch nicht einmal aus Versehen.

Ma klapperte leise mit Geschirr, und Ella erriet am Wasergluckern im Kessel, dass sie sich einen Tee kochte. Das machte sie oft, wenn sie müde war und lesen wollte. Dann hörte Ella nur ihr Teeschlürfen und das leise Rascheln beim Umblättern der Buchseiten. An anderen Abenden ließ sie stundenlang die Nähmaschine surren oder das Knistern von Papier verriet, dass sie Briefe schrieb. Manchmal hörte Ella Ma auch leise sprechen. Genau so wie an den Abenden, als er noch bei ihnen war. Nichts vermochte der Nacht ihre finsteren Schrecken besser zu stehlen als das leise Murmeln der beiden Stimmen, die sie am meisten liebte. Dann und wann war Ella in den letzten Monaten aus dem Schlaf hochgeschreckt, aus dem Bett gesprungen und in die Küche geeilt, weil sie glaubte, er sei zurückgekommen. Und sie wusste noch genau, wie enttäuscht sie jedes Mal war, wenn sie feststellen musste, dass Ma nicht mit ihm sprach, sondern mit jemandem telefonierte.

»Das werde ich nie kapieren«, flüsterte Clara.

»Was meinst du?«

»Wie du ihr den Unsinn immer noch glauben kannst. Wann begreifst du endlich, dass er abgehauen ist und dass er nie wiederkommen wird?« Claras Worte tasteten sich wie frostige Finger durch die Dunkelheit.

Ella setzte sich auf. »Er wird zurückkommen, Clara. So, wie der Abendstern eines Nachts wieder am Himmel aufleuchten wird.«

»Unfug«, zischte Clara. »Er hat uns verlassen und vermutlich schon längst vergessen. Und jetzt lass mich in Ruhe mit dem Quatsch.« Sie lag da, die Arme hinter dem Kopf verschränkt, und war nicht mehr als ein bleicher Schatten in der Nacht.

Ella suchte im Dunkeln nach ihrer Brille, kroch zum Fenster und zog die Gardinen auseinander. An der Stelle, an der sie so sehnlich auf den Abendstern wartete, schien der Himmel heute noch schwärzer zu sein als irgendwo sonst. Ella seufzte. Wie lange wollte er noch auf sich warten lassen? Und wie finster konnte die Nacht noch werden? Im nächsten Augenblick huschte ein Lächeln über ihr Gesicht, denn wie aus weiter Ferne krochen seine Worte in ihre Erinnerung.

Wusstest du, dass die Nacht am finstersten ist, kurz bevor der Morgen dämmert?

Ein Klopfen

Bleierne Regenwolken waren in der Nacht aufgezogen und tauchten den Morgen in ein trostloses Grau. Wie ein Schleier lag der Dunst des Nieselregens auf dem Dachfenster. Ella knipste die Leselampe an und zog ihr Buch unter dem Kopfkissen hervor. Donnerstags begann die Schule für sie erst zur dritten Stunde. Es war die schönste Zeit der ganzen Woche. In wenigen Minuten würden Ma, Clara und Ben sich auf den Weg machen und sie in dieser Stille hier oben unter dem Dach allein lassen. Und nichts war besser, um den Geschichten zu lauschen, die Figuren leise flüstern zu hören und dem Knistern der Buchseiten zu folgen, als herrliches Schweigen ringsum.

»Clara«, rief Ma mit hektischer Stimme aus dem Zimmer nebenan. »Bitte hilf Ben bei seinem Frühstück. Siehst du nicht, dass er die Haferflocken in der ganzen Küche verteilt?« Ma eilte geschäftig hin und her. Sie musste gleich zur Arbeit und verbrachte ihre Tage in einer großen Schneiderwerkstatt, wo sie die feinen Anzüge der Leute kürzte. Früher hatte Ma immer von einer eigenen Werkstatt mit einer richtigen Boutique geträumt. Eines Tages. Aber seit er nicht mehr da war, hatte Ma aufgehört zu träumen.

»Clara, bitte. Wir sind spät dran.« Bens lautes Klopfen mit dem Löffel auf den Küchentisch ließ Ma immer mehr in Hektik geraten.

»Wie immer«, stichelte Clara leise, aber dennoch laut genug.

Ella beugte sich weit aus dem Bett und sah, wie Clara nach ihrer Tasse griff, ohne von ihrem Buch aufzusehen. »Tut mir leid, Mama. Ich muss die Vokabeln wiederholen«, nuschelte sie.

»Lass nur, Ma«, rief Ella und sprang so hastig aus dem Bett, dass ihr Buch zu Boden fiel. Sie zuckte kurz zusammen, als ihre nackten Füße die kalten Dielen berührten. Dennoch eilte sie barfuß in die Küche und setzte sich zu Ben.

»Da«, sagte er und deutete mit seinem Löffel zur Küchenuhr.

»Ich weiß, Ben, es ist schon spät.« Ella streichelte ihm lächelnd über das lockige Haar. Nichts unter der Sonne fühlte sich weicher an. Weder ihr dickes Federkissen noch das Fell von Frau Simons Katze, zwei Stockwerke tiefer. »Nun iss deine Haferflocken. Ma muss zur Arbeit, und du willst doch nicht, dass sie zu spät kommt. Stimmt's?« Sie sprach ruhig mit ihm, so wie er immer mit ihnen gesprochen hatte, wenn es ernst wurde. Und es wirkte. Ben saß mit weit geöffnetem Mund da und wartete geduldig darauf, dass Ella ihn fütterte.

»Ella«, sagte Ma, kam durch die Küche geeilt und schnappte sich ihre Schuhe, »bitte geh zu Frau Simon und bring ihr diese Tüte, bevor du zur Schule gehst. Ich habe ihr ein Kleid gekürzt.«

Ella nickte und wischte Ben mit einem Tuch über den Mund, als es laut klopfte. Seltsam, dachte Ella und starrte auf den Löffel in ihrer Hand.

»Tick, tack, tick, tack«, rief Ben und zeigte erneut auf die Wanduhr.

»Clara!« Ma kramte in ihrer Tasche. »Du kommst noch zu spät zur Schule, und wo sind nur wieder meine Schlüssel?« Sie sah sich hektisch um und nahm einen Schluck Tee im Stehen.

Ella stellte Bens Geschirr in die Spüle und lächelte. Aus dieser hellblauen Porzellanschale mit dem kleinen Maulwurf auf dem Boden hatte sie auch schon gegessen, als sie so klein wie Ben gewesen war. Und manchmal hatte sie nur deshalb den Brei aufgegessen, weil sie den lustigen Maulwurf sehen wollte.

Wieder klopfte es laut. Ella ging zur Wohnungstür und lugte durch das Guckloch hinaus ins Treppenhaus.

»Ist da jemand, Ella?«, fragte Ma und kniete sich vor Bens Stuhl, um ihm die Schuhe anzuziehen.

»Nein. Ich dachte, es hätte geklopft.« Ella schüttelte den Kopf und wunderte sich. »Aber sieh mal, was ich gefunden hab«, rief sie stolz, zog den Schlüssel aus dem Schloss der Wohnungstür und brachte ihn zu Ma.

»Ach, danke, Ella. Und bitte gib mir Bens Jacke.« Ma stopfte in aller Eile Bens Pausenbrot in die Kindergartentasche und trieb nebenbei Clara zur Eile an, die immer noch mit der Nasenspitze im Buch versunken dasaß.

Ella grübelte und setzte sich auf ihren Platz am Esstisch. Die Lust am Lesen war ihr nun vollends verloren gegangen und es klopfte immer noch unaufhörlich.

»Hört ihr auch dieses Klopfen?«, fragte sie, doch niemand schien sie zu beachten. Sie beugte sich unter die Tischplatte, um nachzusehen, ob Clara vielleicht diese Geräusche von sich gab – aber da war nichts.

»Clara Hufnagel«, sagte Ma warnend, schnappte nach Claras Buch und legte es auf den Tisch. Sie warf einen gehetzten Blick auf die Küchenuhr. »Das ist nicht wahr!«, rief sie ungläubig.

Ella folgte ihrem Blick und staunte. Die Zeiger der Wanduhr drehten sich schnell wie Windmühlenflügel im Sturm. Dabei liefen die Minuten rückwärts, die Stunden vorwärts und der Sekundenzeiger war kaum noch zu erkennen, denn er rotierte wie ein Propeller.

Ella blinzelte ein paarmal kurz hintereinander, schüttelte sich, rieb kräftig mit beiden Fäusten die Augen – doch es blieb dabei. Die Küchenuhr drehte durch. Sie sprang auf, um ihre Brille zu holen, als sie Ma zu Ben sagen hörte: »Zwanzig vor acht und ausgerechnet jetzt machst du in die Windel?«

Ella stutzte. Was sollte das bedeuten? Wie konnte Ma von dieser Uhr ablesen, dass es zwanzig vor acht war? Und wunderte sie sich denn überhaupt nicht? Gar kein bisschen?

Stattdessen schlüpfte Ma eilig aus ihrer Jacke, hob den zappelnden Ben auf ihren Arm und trug ihn ins Badezimmer. »Da, da«, rief Ben immer wieder und zeigte auf die Küchenuhr.

»Ist gut, Ben«, beruhigte Ma ihn und sagte zu Clara: »Wenn ich mit Ben zurückkomme, dann stehst du fertig angezogen und mit Schultasche auf dem Rücken an der Tür.«

»Fertig angezogen«, zischte Clara leise, aber dennoch laut genug, dass Ella es hören konnte. »Seitdem er abgehauen ist, gehen wir in unseren alten Klamotten in die Schule. Sogar im Mai tragen wir noch Winterstiefel.« Sie schnappte sich ihr Buch und stapfte aus der Küche.

Verständnislos sah Ella ihr nach. Clara sah aus wie eine frisch geschlüpfte Elfenkönigin in ihrer blassblauen Tunika und dem blond gelockten Haar. Wieso sorgte sie sich um ihr Aussehen? Jeder mochte Clara und wollte mit ihr befreundet sein. Sogar Herr Rasch, der ewig herummeckernde Hausmeister der Lerchenstraße 17b, geriet ins Schwärmen, wenn er Clara sah. Ihr erlaubte er sogar, das Fahrrad im Hausflur zu parken, obwohl er das gesamte Treppenhaus mit Verbotsschildern tapeziert hatte. Clara setzte mit ihrem hübschen Gesicht solche Regeln einfach außer Kraft, und trotzdem war sie nie fröhlich.

Immer noch kopfschüttelnd klemmte Ella die Bügel ihrer Brille hinter die Ohren und rückte dann ihren Stuhl unter die Wanduhr, um sich das Schauspiel dort oben genauer anzusehen. Sie klopfte vorsichtig auf das Uhrenglas – und es klopfte zurück. Erschrocken sprang Ella vom Stuhl. »Ma? Mit unserer Uhr stimmt was nicht!«

»Was soll mit der Uhr nicht stimmen, hä?«, fragte Clara mürrisch, warf ihre Schultasche auf den Küchentisch und schob Ella zur Seite, um sich ihre Jacke vom Haken zu schnappen.

»Sieh doch.«

»Was meinst du? Es ist genau siebzehn Minuten vor acht«, sagte Clara mit einem flüchtigen Blick auf die Uhr.

»Clara, guck doch mal, wie schnell die Zeiger sich drehen.«

»Nicht schneller als sonst morgens, wenn wir spät dran sind«, meinte Clara schulterzuckend und schob ihr Buch in die Schultasche.

»Ma?«, rief Ella. »Ma, komm und sieh dir das an!«

»Tut mir leid, Ella«, antwortete Ma aus dem Badezimmer. »Heute Abend, ja?«

Ella kletterte zurück auf den Stuhl und klopfte erneut auf das Uhrenglas, und es klopfte laut und deutlich zurück. Wie ein Echo. »Da, hast du es jetzt gehört?«, fragte sie ihre Schwester.

»Was?«

»Das Klopfen!«

»Ja, klar. Das warst du!«

»Ich meine das Klopfen in der Uhr.«

»Ella, lass mich in Ruh mit deinen Hirngespinsten«, zischte Clara warnend.

Also schön, dachte Ella. Wenn Ma und Clara keine Zeit hatten, würde eben sie der Angelegenheit auf den Grund gehen. Vorsichtig öffnete sie das Uhrenglas und drückte ihre Hand auf das Ziffernblatt. »Autsch«, rief sie erschrocken, denn die Zeiger der Uhr waren nicht zu stoppen und quetschten ihre Finger ein. Sie schüttelte ihren Arm und versuchte mit aller Kraft, ihre Hand aus der Uhr zu ziehen, als sie mitsamt Ziffernblatt rückwärts vom Stuhl fiel.

Und sie war nicht die Einzige.

Ein kleines, etwa mausgroßes Wesen kam aus der Uhr gepurzelt, fiel und fiel und landete auf Ellas Bauch.

Anja
Wagner
Als
Madame Minetta
aus der Wanduhr fiel ...